韩田鹿 ◉ 著

韩田鹿品西游记

中国民主法制出版社

图书在版编目（CIP）数据

韩田鹿品西游记 / 韩田鹿著 . — 北京：中国民主法制出版社，
2024.1

ISBN 978-7-5162-3465-5

Ⅰ . ①韩… Ⅱ . ①韩… Ⅲ . ①《西游记》研究 Ⅳ . ① I207.414

中国国家版本馆 CIP 数据核字（2024）第 011410 号

图书出品人： 刘海涛
出 版 统 筹： 石　松
责 任 编 辑： 张佳彬　姜　华

书　　　名 / 韩田鹿品西游记
作　　　者 / 韩田鹿　著

出版·发行 / 中国民主法制出版社
地址 / 北京市丰台区右安门外玉林里 7 号（100069）
电话 /（010）63055259（总编室）　63058068　63057714（营销中心）
传真 /（010）63055259
http: // www.npcpub.com
E-mail: mzfz@npcpub.com
经销 / 新华书店
开本 / 16 开　710 毫米 ×1000 毫米
印张 / 15　　**字数 /** 202 千字
版本 / 2024 年 4 月第 1 版　　2024 年 4 月第 1 次印刷
印刷 / 三河市宏图印务有限公司

书号 / ISBN 978-7-5162-3465-5
定价 / 58.00 元

自 序

　　相遇《西游记》，是每个中国人的缘分。

　　我也一样。

　　最早与《西游记》相遇，还是童年时在父亲的书架上。不过缘分也就止于知道有此一书而已。我会去翻翻里面的插图，但甫一阅读，便被与今日阅读习惯不甚相合的语言，特别是大段大段不知所云的诗词吓退（后来才知道《西游记》的很多秘密就藏在这些诗词之中）。那时的《西游记》还没有被列为中小学生的必读书目，它的重要性并没有被父母师长加以特殊提示。所以，读不懂也就放下了。

　　然后，我和所有受过九年义务教育的人一样，在中学课本的《猴王出世》里，在电影院的《大闹天宫》《三打白骨精》里，在中央电视台（现为中央广播电视总台）1986 年版的电视连续剧里，又与《西游记》多次重逢。在这些重逢中，我知道了《西游记》的大致情节，也晓得了它在中国文学乃至中国文化中的重要地位。

　　后来，我就读了大学中文系的本科、研究生，而后留校任教。在这个阶段，由于教学的原因，我读了许多关于《西游记》的文献，对它的了解也就越来越多。不过，彼时我的精力和兴趣都在《聊斋志异》上，是打定了主意

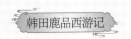

要紧紧抱着蒲松龄至少十年不撒手的，对《西游记》文献的阅读只是为了满足教学需要。所以，平心而论，彼时的《西游记》最多算是入了我的"脑"，而并未走进我的"心"。

再后来，我就走进了中央电视台《百家讲坛》栏目。讲完"三言""二拍"，栏目组邀约我讲述《西游记》。在这样的平台上讲述《西游记》，当然是艰巨的任务，要想讲好，自然是要动心忍性，下一番苦功夫的。毫不夸张地说，在讲述《西游记》的准备阶段，该读的书，该看的资料，学院派也好，民间派也好，在力所能及的范围内，我基本上做到了应读尽读。这个过程中，有点点滴滴的知识积累，有无数次小小的灵感激发，但始终感觉尚有一层隔膜，挡在我和《西游记》之间。

为我揭去这层隔膜的，是已故古典文学泰斗吴组缃先生的一句话。在一次与北京大学孔庆东教授的聊天中，他讲到了吴组缃先生的一则轶事。吴先生曾与中文系的同事们聊天，其间问了一个很有趣的问题，说假如中国的文学作品只能留下一部，那么你觉得最应该留下的是哪一部。同事们七嘴八舌，有说《诗经》的，有说《离骚》的，有说《红楼梦》的，不一而足。一番各抒己见后，大家询问吴先生的意见。吴先生的回答是《西游记》，原因很简单：在《西游记》中，中国文化生长性的要素已是无不具备。

如电光石火，这句话为我以往关于《西游记》的全部知识和见解点睛。吴先生的话当然半是认真半是玩笑，但套用《道德经》的一句话，"其中有精，其精甚真"，它把《西游记》的核心价值讲清楚了。在中国所有的文化典籍中，《西游记》所具有的文化活力可以说是无与伦比的。它仰之弥高，钻之弥坚，无论你的人生进益到何种程度，它都依然能从上方照耀你；它内涵丰富，经得起全方位的解读和挖掘，从贩夫走卒到文人学士，深者得其深，浅者得其浅，都能从中得到自己所需要的东西。它是中国最大的IP，它自我生长，自成世界，虽经历数百年而历久弥新，从来就没有从中国人的视野中消失过。而具有这种活力的根本原因，就在于它的文化全息性。

带着这种对《西游记》的觉解，我于 2011 年和 2019 年在《百家讲坛》栏目先后两度开讲《西游记》。第一次重在讲述其作为"文学之书"与"文化之书"的价值，第二次重在讲述其作为"人生之书"与"人心之书"的意义。在大体的满意之外，也有一些遗憾，那就是囿于电视节目的形式，只能选择那些足以支撑起一期节目的较大的故事与话题，很多有意思、有意味的话题就只能放在一边；而即便是那些大故事、大话题，其实也还是有更轻灵的角度与表述的可能的。

好在这个遗憾没有遗留太久。一两年前，经鲍鹏山教授居间介绍，我与中国民主法制出版社的张佳彬先生聊天，提及这个话头，张先生便鼓励我把这些东西写下来。彼时我正忙于《百家讲坛》栏目《〈三国演义〉启示录》节目的写稿与录制，所以，虽然答应，但并未进入实质性写作阶段。是张先生的敦促，使得我虽然一拖再拖，但还是在出版社尚可容忍的时间节点之前完成了书稿。因此，《韩田鹿品西游记》一书的完成，不仅有我本人的努力，也有张先生的一份功劳。

是为序。

韩田鹿

2023 年 12 月 18 日于保定

目录

文 化 篇

艺术篇

哲理篇

文化篇

天产石猴

石猴出世，是《西游记》讲的第一个故事。在这个故事中，透露出的是中国石文化的源远流长。

孙悟空是所谓"天产石猴"，这是《西游记》一开始就告诉我们的。用《西游记》的原文来说，就是"那座山正当顶上，有一块仙石。其石有三丈六尺五寸高，有二丈四尺围圆。三丈六尺五寸高，按周天三百六十五度；二丈四尺围圆，按政历二十四气。上有九窍八孔，按九宫八卦。四面更无树木遮阴，左右倒有芝兰相衬。盖自开辟以来，每受天真地秀，日精月华，感之既久，遂有灵通之意。内育仙胎，一日迸裂，产一石卵，似圆球样大。因见风，化作一个石猴。五官俱备，四肢皆全。便就学爬学走，拜了四方。目运两道金光，射冲斗府"。

而更进一步的信息，则要到第五十八回"二心搅乱大乾坤，一体难修真寂灭"。在那一回里，孙悟空与六耳猕猴打得难分难解，众人也无法分辨其真假虚实，于是只好到如来处，请如来帮忙辨别。如来智慧无边，当即就为众人指出了六耳猕猴的出处，顺便给大家上了一堂物种分类的课程："周天之内有五仙：乃天、地、神、人、鬼。有五虫：乃羸、鳞、毛、羽、昆。这

厮非天、非地、非神、非人、非鬼；亦非蠃、非鳞，非毛、非羽、非昆。又有四猴混世，不入十类之种。"

菩萨道："敢问是那四猴？"

如来道："第一是灵明石猴，通变化，识天时，知地利，移星换斗。第二是赤尻马猴，晓阴阳，会人事，善出入，避死延生。第三是通臂猿猴，拿日月，缩千山，辨休咎，乾坤摩弄。第四是六耳猕猴，善聆音，能察理，知前后，万物皆明。此四猴者，不入十类之种，不达两间之名。我观假悟空，乃六耳猕猴也。"

也就是说，孙悟空的具体品种，乃是"灵明石猴"。这一设定，与中国的石文化有着密切的关联。

石头和人类的关系，可以说是源远流长。

毛泽东在长调词《贺新郎·读史》中说道，"人猿相揖别。只几个石头磨过，小儿时节"。词中所说很有道理。人和动物的根本区别，就是人类会制造和使用工具，动物却不会，而人类最早使用和制造的工具之一就是石头。人类狩猎，离不开石头。面对跑得比自己快、牙齿比自己尖利的野兽，石头是随手就能抓起的武器。人类生活，离不开石头。比如，砍割动物的骨肉，挖开坚硬的土地，以及利用它制成各种应用器皿。另外，众所周知，火在人类的进化史上，也具有极其重要的作用。它带给人类以光明和温暖，还减少疾病发生，并最终使人类走出野蛮，进入文明时代。而火的获得，除了"钻木"外，就是"击燧"，也就是两块火石之间的击打。正是因为石头在远古时期所具有的极其重要的作用，我们才将石器的制作方式和精巧程度，作为区分古人类不同分期阶段的依据。即使在人类掌握了金属的冶炼技术，进入了文明时代之后，石头仍然在人们的社会生活中起着重要的作用。它是最常用的建筑材料，直到现在，还没有一种建筑材料具有石头那样的恒久性。它是最伟大的文字的载体，今天，当人们要对某个人或某件事表达永恒的纪念时，首先想到的仍然是刻石树碑。各色宝石，比如钻石、玉器、玛瑙等，依然在装点着我们的生活，并且被赋予极其悠长的文化意蕴。

而石头与中国文化的渊源，更是格外深厚。按照著名人类文化学家叶舒宪的话来说，中国文化和西方文化最大的差别，一个是玉石文化，一个是金文化。中国文化的图腾就是玉，而玉就是中国人认为能够通灵的石头（孙悟空正是"灵明石猴"）。中国人对玉石的崇拜，来源于对生活的观察。在发明金属工具之前，石头就是先民最方便、最自然的武器和工具，它在战争、狩猎、生产、生活等各个环节中都占据着极其重要的地位。在与石头的朝夕相处中，先民逐渐发现有一些特殊的石头，它们不但质地坚韧，并且色泽美观，敲击声悦耳，特别是其半透明的状态，仿佛蕴藏着沟通天地的神秘能量。这些"石之美者"，就是玉。早在新石器时代中晚期，对玉石的崇拜就已经形成，如在龙山文化、良渚文化遗址中，都发掘出相当数量的玉器。上古神话英雄大禹，是从石头中孕育而出。这种对玉石的崇拜，随着时代的演进而延续，成为中华文化最鲜明的特征之一。例如，秦始皇刻传国玺，会选用玉石为材质，以此寄托国祚绵长的愿望。秦帝国虽二世而亡，但以玉为传国玺的传统却绵延了数千年之久，直到最后一个封建王朝的终结。又如，中国最重要的思想流派为儒家和道家，无论是儒家还是道家，对玉都极为推崇：儒家以玉比德君子，强调君子无故身不离玉；道家则将其最高神命名为"玉皇大帝"。在普通人的生活中，也很容易看到玉石文化的影响，比如，我们会夸一个风度极好的人"玉树临风"，夸一个孩子"粉雕玉琢"等。

既然玉石在中国文化中具有如此重要的地位，那么作为中国文化之子的孙悟空，也就注定了是一只"灵明石猴"，而不是泥猴面猴或铜猴铁猴。

悟空与慧能

在《西游记》中，孙悟空在须菩提祖师处习得长生不老之术，是无数读者津津乐道的一个经典情节。孙悟空在须菩提祖师处修道，他给孙悟空开出了一系列如坐禅、采补之类的门径，结果孙悟空在问明了都不能长生不老之后，一概加以拒绝。须菩提祖师恼怒了：

> 咄的一声，跳下高台，手持戒尺，指定悟空道："你这猢狲，这般不学，那般不学，却待怎么？"走上前，将悟空头上打了三下，倒背着手，走入里面，将中门关了，撇下大众而去。唬得那一班听讲的，人人惊惧，皆怨悟空道："你这泼猴，十分无状！师父传你道法，如何不学，却与师父顶嘴？这番冲撞了他，不知几时才出来呵！"此时俱甚报怨他，又鄙贱嫌恶他。悟空一些儿也不恼，只是满脸赔笑。原来那猴王，已打破盘中之谜，暗暗在心，所以不与众人争竞，只是忍耐无言。祖师打他三下者，教他三更时分存心；倒背着手，走入里面，将中门关上者，教他从后门进步，秘处传他道也。

当日悟空与众等喜喜欢欢，在三星仙洞之前，盼望天色，急不能到晚。及黄昏时，却与众就寝，假合眼，定息存神。山中又没支更传箭，不知时分，只自家将鼻孔中出入之气调定。约到子时前后，轻轻的起来，穿了衣服，偷开前门，躲离大众，走出外，抬头观看。正是那：

月明清露冷，八极迥无尘。

深树幽禽宿，源头水溜汾。

飞萤光散影，过雁字排云。

正直三更候，应该访道真。

你看他从旧路径至后门外，只见那门儿半开半掩。悟空喜道："老师父果然注意与我传道，故此开着门也。"即曳步近前，侧身进得门里，只走到祖师寝榻之下。见祖师蜷跼身躯，朝里睡着了。悟空不敢惊动，即跪在榻前。那祖师不多时觉来，舒开两足，口中自吟道：

"难！难！难！道最玄，莫把金丹作等闲。不遇至人传妙诀，空言口困舌头干！"

悟空应声叫道："师父，弟子在此跪候多时。"祖师闻得声音是悟空即起，披衣盘坐，喝道："这猢狲！你不在前边去睡，却来我这后边作甚？"悟空道："师父昨日坛前对众相允，教弟子三更时候，从后门里传我道理，故此大胆径拜老爷榻下。"祖师听说，十分欢喜，暗自寻思道："这厮果然是个天地生成的！不然，何就打破我盘中之暗谜也？"悟空道："此间更无六耳，止只弟子一人，望师父大舍慈悲，传与我长生之道罢，永不忘恩！"祖师道："你今有缘，我亦喜说。既识得盘中暗谜，你近前来，仔细听之，当传与你长生之妙道也。"悟空叩头谢了，洗耳用心，跪于榻下。

祖师云：

显密圆通真妙诀，惜修性命无他说。

都来总是精气神，谨固牢藏休漏泄。

休漏泄，体中藏，汝受吾传道自昌。

口诀记来多有益，屏除邪欲得清凉。

得清凉，光皎洁，好向丹台赏明月。

月藏玉兔日藏乌，自有龟蛇相盘结。

相盘结，性命坚，却能火里种金莲。

攒簇五行颠倒用，功完随作佛和仙。

此时说破根源，悟空心灵福至，切切记了口诀，对祖师拜谢深恩，即出后门观看。但见东方天色微舒白，西路金光大显明。依旧路，转到前门，轻轻的推开进去，坐在原寝之处，故将床铺摇响道："天光了！天光了！起耶！"那大众还正睡哩，不知悟空已得了好事。当日起来打混，暗暗维持，子前午后，自己调息。

这一段文字非常精彩，不过我们要指出的是，它基本上是从《坛经》中借鉴而来的。慧能是禅宗的第六祖，他的《坛经》是中国人写的唯一被承认为"经"的佛教著作。里面写道六祖慧能到五祖弘忍处学艺，弘忍让门下弟子写一首偈子表明自己对佛法的理解，首座神秀当天晚上就在墙上写下了"身是菩提树，心如明镜台。时时勤拂拭，莫使有尘埃"，其他弟子都叹为观止，只有慧能认为神秀尚未见性。因为慧能不识字，所以就自己口述，让别人代笔，写下了那首著名的"菩提本无树，明镜亦非台。本来无一物，何处惹尘埃"。弘忍知道慧能已经见性，于是去看慧能。慧能当时正在舂米，于是弘忍拿起米锤在椿台上敲了三下，而后倒背双手走了。慧能知道这是暗示，于是夜里三更便秘密到弘忍处，弘忍果然在当夜为慧能讲解《金刚经》，并将衣钵传给了慧能。

有人说，《西游记》如此，是不是有"抄袭"之嫌呢？回答当然是否定的。南禅在中国影响极大，作为南禅的开创者，慧能的知名度极高；作为唯一一部由中国人创作而被认定为"经"的佛教典籍，《坛经》地位极高，流传度极广，慧能在五祖处得法，乃是一件众所周知的公案。作者在作品中化用《坛经》的桥段，其实就是现代所谓的"致敬经典"，一则表明自己与经典之间的渊源与传承关系，二则也让读者在似曾相识的感觉中别添一层文化韵味。

大乘与小乘

在《西游记》中，唐僧之所以前往西天取经，是因为当时东土只有小乘教法，而无大乘教法。这二者的差别，用观世音菩萨在水陆大会上对唐王李世民说的话来表述就是："你那法师讲的是小乘教法，度不得亡者升天。我有大乘佛法三藏，可以度亡脱苦，寿身无坏。"李世民办水陆大会，为的是超度隋唐之际死去的那些孤魂野鬼，既然小乘教法无用，所以当时就停办了水陆大会，并问谁可以去西天取回大乘教法。主持法会的唐僧挺身而出，于是被唐太宗认为御弟，领了到天竺国的通关文牒，踏上了求取真经的漫漫程途。

这个说法是错误的。

我们先说什么是大乘佛教，什么是小乘佛教。

所谓"乘"，是梵文的意译，有"乘载"或"道路"之意。所谓"大乘"，意思就是大型的交通工具；所谓"小乘"，意思就是小型的交通工具。大小"乘"的分别，主要在于"大乘"着重于利他（利于大众的行为），"小乘"着重于自己解脱。

佛教在印度最初兴起时，强调"自度"，属于小乘佛教。大约在公元 1 世纪，印度佛教内形成了一些具有新的思想学说和教义教规的派别。这些佛教派别自称其修行目的是"普度众生"，他们信奉的教义好像一只巨大无比的船，能运载众生从生死此岸世界到达涅槃解脱的彼岸世界，从而成就圆满的佛果。所以，这一派自称是"大乘"，而把原来的原始佛教和部派佛教一派贬称为"小乘"。但这一称呼，"小乘"佛教派别本身是不承认的，例如，现在缅甸、泰国、伊斯兰卡等国的佛教，一直被称为"南传上座部佛教"。

唐僧取经之前，东土是不是只有小乘佛法，而无大乘佛法？实际上，大乘佛法早在东汉时就由月氏国支娄迦谶法师传过来了。魏晋玄学的后期衍生了"佛玄"的讨论，其中六家七宗的般若学与《肇论》便是其结晶。这也是常识，而其中的般若学即属于大乘佛教。玄奘法师的主要佛学贡献是系统译出了对法、因明、中观、唯识的经典，较以前的翻译而言，规范性和整合性大大提高。他以护法唯识作为标准，创立了法相宗，从而消解了之前地论师与摄论师关于心识的争论，建立了系统的中国佛教逻辑。

所以，观世音菩萨所说的大唐没有大乘佛法，只是《西游记》中的小说家言。这当然不会减损《西游记》的伟大，因为《西游记》说到底只是一部通俗小说名著，难免会有一些错误的信息，对于这些错误信息，阅读时加以注意就是了。

家妖与野妖

唐僧师徒在西天取经的路上，总共遇到大小三四十个魔头。

这些妖魔，大致可以分为两种：一种是自生自灭于天地之间的野势力妖怪，比如蜘蛛精、蜈蚣精、白骨精；另一种则与天界有着千丝万缕的关联，比如黄袍怪、金银角大王兄弟、白鹿精、玉兔精等。

论给取经队伍造成麻烦，以及祸乱本地，这两种妖怪并无本质的不同，而在某种程度上，后者往往还要更加厉害。

前者如蜘蛛精。这几个妖精确实不是吃素的。当唐僧误打误撞进入她们的地盘时，她们假意请唐僧吃斋，将唐僧引入家中，端上来两盘东西，腥臊异常：

> 原来是人油炒炼，人肉煎熬；熬得黑糊充作面筋样子，剜的人脑煎作豆腐块片。

但与狮驼岭上的三个大魔头相比，那就简直不值一提了。作品中写孙悟

空来到狮驼岭,见到的情形是:

骷髅若岭,骸骨如林。人头发成毡片,人皮肉烂作泥尘。人筋缠在树上,干焦晃亮如银。真个是尸山血海,果然腥臭难闻。东边小妖,将活人拿了剐肉;西下泼魔,把人肉鲜煮鲜烹。

而三魔头金翅大鹏的老巢狮驼国,情形更是可怕:

攒攒簇簇妖魔怪,四门都是狼精灵。

斑斓老虎为都管,白面雄彪作总兵。

丫叉角鹿传文引,伶俐狐狸当道行。

千尺大蟒围城走,万丈长蛇占路程。

楼下苍狼呼令使,台前花豹作人声。

摇旗擂鼓皆妖怪,巡更坐铺尽山精。

狡兔开门弄买卖,野猪挑担干营生。

先年原是天朝国,如今翻作虎狼城。

原来,这里本是人间国度,金翅大鹏五百年前来到这里,将这里的国王、文武官僚,以及满城男女吃了个干干净净,夺走了江山,将人间国度变成了魍魉世界。

但妖魔的结局却有着天壤之别。七个蜘蛛精是被孙悟空一顿棒子打死的;而狮驼岭的几个大魔头,则变作青狮和白象,被文殊菩萨、普贤菩萨收回继续当坐骑,金翅大鹏在如来的佛顶上做了护法。为什么会有这样的差别呢?除了金翅大鹏是所谓"如来的舅舅",青狮和白象分别是文殊菩萨、普贤菩萨的坐骑,而七个蜘蛛精则在天界、佛国无依无靠外,找不到别的原因。

这样的对比，绝非个例。比如，金银角大王、比丘国国丈，他们或是上界神仙的坐骑、玩物，或与神仙有着千丝万缕的联系，这些妖魔几乎总是在命悬一线时被及时赶到的神仙救下。而像白骨精、虎力鹿力羊力三大仙、犀牛精等，都是无依无靠的妖魔，除了黑熊精和蜈蚣精这两个例外，其余妖魔的结果都是被无情打死。

对于这种情况，一个流行一时的网络段子作出了很好的总结："没背景的妖怪都被打死了，有背景的妖怪都被救走了。"

当然，所谓"有背景的妖怪"，又分两种情况。

第一种情况，是妖精本身就属上界的神仙。比如，黄袍怪本身就是天上的大神——二十八星宿之一的奎木狼。

在今天一般人的观念中，神仙是好的，妖怪是坏的。实际上，这并不是中国古人的观念，而是受到西方宗教中上帝与魔鬼善恶二元对立观念的影响后的产物。中国的本土宗教道教与西方一神教的最大不同之处，就是它并没有创造一个与此岸世界相对立的彼岸世界。对于西方的宗教，马克思有一句名言，"宗教是现实世界的倒影"。但对于道教而言，这个影像基本上是正的，基本上就是此岸世界的延伸。在道教的世界里，神仙和妖怪并无绝对的善恶之分，他们都是既可以为善，也可以为恶。《西游记》里的神仙与妖怪，就是在这一观念之下的产物。如果我们一定要比附的话，则《西游记》里的神仙，基本上就是朝廷官僚的缩影；而山野中的精怪，则更像是绿林中的强人。朝廷官员可以为善也可以为恶，绿林豪强同样可以为善也可以为恶。所以，当我们读《西游记》时，完全不必因为神仙作恶而有所纠结。

第二种情况，则是上界仙佛的家童、坐骑之类。比如，金银角大王、独角兕大王、黄眉大王。它们所影射的就是一些达官显贵洁身自好，但他们的

亲信下属却往往为害不浅。

这确实是一种现实的存在。"阎王好见，小鬼难缠"，这是民间的表述。那么，官员们自己的表述呢？《四库全书》的总编纂官、乾隆皇帝的宠臣纪晓岚是这样说的："其最为民害者，一曰吏，一曰役，一曰官之亲属，一曰官之仆隶。是四种人无官之责，有官之权。"在其号称"实录"的《阅微草堂笔记》里，就记载了一个真实的故事，从这个故事及围绕着这个故事引发的一些议论中，我们就可以看出，封建时代官僚爪牙为害之烈到了怎样的一种程度，以及这些官僚看待这个问题的态度。这个故事说，有一个专门靠做长随为生的人，曾经多次挟制官长，而官长竟然对他束手无策，就连他的妻子都是从官长家的婢女中拐来的，官长竟然连追都不敢追。围绕这个长随的行为，官长展开了议论，其中一个官长是这样说的："此辈依人门户，本为舞弊而来。譬彼养鹰，断不能责以食谷，在主人善驾驭耳。"而"譬彼养鹰，断不能责以食谷"竟然成了官场共识，可见这种现象在当时已经到了令人发指的程度。纪晓岚所处的时代，还是所谓的"康乾盛世"，和纪晓岚谈论问题的那些官僚还是"好"官僚；而在《西游记》写作的以纵弛而闻名的明代中后期，更不必说严重到了什么程度。在这个意义上，《西游记》虽然是一部到处都有游戏笔墨的轻松小说，但所反映出来的社会问题，还真是不乏深刻。

神仙及其下属多所为恶而获罚甚轻，其实也从某个侧面说明了中国百姓对当时官场与社会的普遍看法。这个看法，就是萨孟武先生在《〈红楼梦〉与中国旧家庭》中所说的："奇怪得很，吾国小说关于官场现象，均不写光明方面，而只写黑暗方面。小说乃社会意识的表现，社会意识对于官僚若有好的印象，绝不会单写黑暗方面；单写黑暗方面，可见古代官场的肮脏。"

孙悟空的年龄

说到孙悟空的年龄，很多人都认为这是一笔糊涂账，以为孙悟空的年龄老到足有地久天长。

实际上，孙悟空的年龄并没有那么大。

关于孙悟空的出生年月，确切的时间无从得知，所谓"山中无甲子，寒尽不知年"是也。但粗略的时间还是可以推测的。因为《西游记》第十四回说得很清楚，孙悟空被如来施大法力压在五行山下是"王莽篡汉"时期的事，而此前孙悟空的主要经历也大致明了，如大闹地府时三百四十二岁；在天宫任弼马温及齐天大圣两职总共约二百天，也就是阳世的二百年；在太上老君炼丹炉里四十九天，也就是阳世的四十九年。以王莽篡汉的时间（公元9年）为基准，综合此前的经历，可以推算孙悟空出生的时间应该是公元前580年前后，也就是东周春秋时期。

除了这种说法，对于孙悟空的出生年代，还有一种推测方法，就是以孙悟空遇到唐僧的贞观十三年（公元639年）为基准，加上被镇压在五行山下的五百年，再加上此前我们说到的种种经历。由此推算，孙悟空出生的时间

应该是公元前 450 年前后，这样一来，孙悟空就不是"春秋猴"而是"战国猴"了。

两种推测，孰正孰误？笔者倾向于前者。因为孙悟空挂在嘴边的"五百年前大闹天宫"只是一个约略的说法，这个说法并不准确，而王莽篡汉却是一个很准确的历史事件。公元前 580 年前后，距离孔子出生差不多还有三十年，和老子的生辰差不多。我们记住孙悟空是老子的同龄人就好了。

那么孙悟空出生的时候，这个世界历史的背景是怎样的呢？对于这个历史时期，世界文明史中有一个流行很广的提法，叫作"轴心时代"，是雅斯贝尔斯提出来的。意思是说，公元前 8 世纪到公元前 3 世纪是世界文明发展的关键时期。在这一时期，各大主要文明都产生了足以影响各自文明进程的伟大人物，如印度的佛陀，中国的老子、孔子，古希腊的苏格拉底、柏拉图、亚里士多德等，此后各大文明的发展只不过是沿着他们所指出的方向的延伸而已。现在我们知道孙悟空也是在这个年代出生的，当我们再说到"轴心时代"时，就可以很骄傲地在这些闪光的名字后面，再加一条：孙悟空也是在这个年代出生的。

杀官自任的可行性分析

在《西游记》中，第九回是写唐僧出世的故事，读来真是字字血泪。而造成唐僧苦难童年的艄公刘洪，在打死新科状元陈光蕊，霸占满堂娇后，竟然假冒陈光蕊到江州上任，一连做了十八年太守。若不是唐僧出生时被金山寺的法明和尚所救，成年后到京城找到外祖父殷开山帮忙报仇，刘洪也许会在江州任上一直干到退休，而后逍遥终老。

那么，像《西游记》中的艄公刘洪那样杀官自任、逍遥法外，其可能性到底有多大？答案：可能性很小。胆大妄为之徒在哪个朝代都不会少，当说到古代官员是否能被冒名顶替时，关键要看古代官场在这方面的防范措施是否严密，是否给那些心存不轨者提供了为非作歹的可能性。实际上，古人为了避免此种事情的发生，还是做了尽可能周密的防范。以唐僧取经发生的唐代为例，朝廷就制作了具有身份标识意义的证物"鱼符"。它形制似鱼，由木头或金属制成，分为左右两个部分，内有官员的姓名、年龄、面貌、籍贯、官品等信息，左半部分留在京师，右半部分留在地方。如有新官上任，需携带左半部分鱼符，待地方上与保存的右半部分核验，证明持符人确系本人后，方可完成交接工作。

到了《西游记》创作的明清时期，防止冒名顶替的措施就更加严密了。首先，吏部对于官员的出身、籍贯、年龄、相貌、身体特征等，有着比较详细的登记制度；其次，为了确认官员的身份，还需要找到同样是官员身份的同乡，以及同年（同一年考中举人或进士的人互称同年）互相保举；最后，还要让当事的官员用花体字写下自己的名字，在吏部留下备案，这个花体的签名字不可以透露给其他人，当本人回京城到吏部报到时，要凭着记忆写下这个花体字来画押。这些防范措施叠加起来，其实基本上也就堵住了冒名顶替者的投机之路。当然，这不是说就能完全堵住冒名顶替者的路子，假如某个官员在离京赴任时遇害，而冒名顶替者如果和该官员的年貌、口音等特征都很相似，就有钻空子的可能。但这个冒名顶替者最多担任一任地方官，他是绝对没有胆量回到京师，接受吏部的考察，和被害者的同乡质证，谋求下一个任期的。

总而言之，刘洪害死陈光蕊，并且顶替他做官十八年，这种可能性极小；到了明清时期，这种可能性就基本为零了。

孝文化中的异数

在《西游记》中，哪吒出现的次数极多。他是托塔天王李靖的三儿子，同时也是李靖帐下最为得力的战将。中国有句俗话，叫作"打虎还得亲兄弟，上阵须教父子兵"，天庭每次发兵降妖除魔时，基本上都少不了这对父子。

不过，这只是事情的一个方面。事情的另一个方面是，他们曾经反目成仇，哪吒甚至端着火尖枪追逐李靖，几乎将李靖置于死地。我们知道，在中国的封建时代，孝道一直被视为重要的美德。它被纳入"三纲"之列，成为封建社会的根本原则之一；它也被写进法律，成为封建律法的重要组成部分；它还被作为主流价值观念在社会上大力弘扬，成为判断人品行高下的重要标尺。以此来衡量哪吒的行径，无疑是大逆不道。但令人奇怪的是，自《西游记》问世以来，哪吒却从未背负骂名；而且在《西游记》的人物中，后世围绕哪吒改编的戏剧、影视作品的数量，要超过除了孙悟空之外的其他角色。

何以如此呢？其中的奥秘有三。

第一，是外来文化的影响。

其实，我们只要一听"哪吒"的名字，就能凭直觉感受到，哪吒不会是一个土生土长的中国人。确实，哪吒这个形象，并非出于《西游记》的原创，而是来源于佛教，"哪吒"是梵文 Nalakuvara 的音译之略。哪吒故事的源流非常复杂，其故事演化及其背后的历史文化因素，是一个用一本书才能讲清楚的话题，我们只能在这里做最为粗略的交代：托塔天王李靖，最初的原型是佛教中的毗沙门天王，后来在佛教中国化的过程中，这个形象逐渐附会在了唐代开国功臣李靖的身上。哪吒是毗沙门天王的三太子，法力强大，是佛教的护法神之一。根据《五灯会元》等书中提到的，这个哪吒三太子确实曾有"剔骨割肉"还于父母的故事，但具体情节，《五灯会元》等都语焉不详，而相关的佛典也无迹可寻，很可能是在流传的过程中散失了。在此后的历史中，虽然随着佛教中国化及道教对佛教的吸收，哪吒父子身上的中国味道越来越浓厚，但其出于异域，则是毫无疑问的。

一般来说，就接受心理而言，人们对于外来文化的接受度要宽容一些。举个简单的例子，在生活中，一个外国人夸张的言行、衣着，很容易被我们所接受，甚至会觉得这种特别之处恰恰是他们身为外国人的应有之义。我们不知道中国的历史上是否曾经有过类似哪吒这样的人物产生，但即使有，大概也早就作为"忤逆不孝"的典型而被批判声讨了，根本不会有被人们作为正面形象传播的可能。唯其是外来形象，人们才有以一种脱离"孝"的框架，而仅仅从故事情节、父子恩怨、人物命运的角度来欣赏这一形象的可能。

第二，对神灵的恐惧心理。

哪吒原本是佛教的护法神。佛教的护法神，外表一般很凶恶，这一点我们只要去过寺庙，翻看过一些有关佛教人物方面的图册，就不难有一个形象的认识。原因很简单，如果不如此，就不足以表现出他们疾恶如仇、威猛有力，也不足以震慑世俗人的心灵。哪吒亦如此。在佛教的有关典籍中，哪吒最鲜明的特征就是愤怒、凶恶。如《北方毗沙门天王随军护法仪轨》中就说："尔时，哪吒太子，手捧戟，以恶眼见四方……白佛言：我护持佛法，欲摄缚恶人或起不善之心。我昼夜守护国王大臣及百官僚。相与杀害打陵，如是之辈者，我等哪吒以金刚杖刺其眼及心。若为比丘比丘尼优婆塞优婆夷起不善心及杀害心者，亦以金刚棒打其头。"从这些描绘中，我们不难看出哪吒乃是一个既有凶恶相貌，又有甚深法力的护法大神。

后来，随着哪吒的民间影响力越来越大，道教也将其吸收为本教的神祇，其形象也逐渐由凶神恶煞变成了一个小孩的样子。不过，身份、相貌虽然转变了，但其威力却没有丝毫降低。以这样的相貌和法力，在科学不甚昌明、有神论普遍存在的封建时代，民间出于对神明，特别是对哪吒这样一个完全称得上是一个"凶神恶煞"的恐惧心理，也必定不敢说三道四。

第三，也是最为重要的一点，它是对明清以来将孝文化推崇到不近人情的社会文化的一种反思与反驳。

从最初的源头来看，孝是身为人子，出于对父母养育之恩而升起的一种感激及回报之情，这是极其珍贵的。儒家珍惜这种感情，并将此情感扩而大之，作为一切美德的起点，这不但合乎人情，而且充满智慧。另外，先秦儒家讲"父慈子孝"，讲"君君，臣臣，父父，子子"，强调关系的相互性和对等性，这也充满了理性精神。但是，在后来的封建时代，统治者出于维护统治的需要而将孝不断扩大化并推向极端，讲"天下无不是的父母""君要臣死，臣不得不死；父要子亡，子不得不亡"，这就把孝推到了一种不近人情的境地。比较典型的如《二十四孝图》，里面有被当作正面案例，而在社会上广泛宣扬的人物故事，其实不少都有宣扬愚孝的成分。比如，"孝感动天"

中大舜的父亲瞽叟、"卧冰求鲤"中王祥的继母，他们的行为已经是谋杀与虐待，但作者讲这些故事，不是呼吁人们谴责那些不负责任的父母并引以为戒，而是号召人们向大舜和王祥学习。孝道被强调到这种程度，已经脱离了孔子、孟子的本意，而是要我们逆来顺受地接受那生命中可能无法承受的伤害了。

《西游记》安排了哪吒向李靖寻仇的情节，并将其原因归于李靖对于哪吒的不公正待遇。从某种程度上说，作为中国传统孝文化中几乎绝无仅有的一个异数，它实际上是对很多人心中那个"父要子亡，子不得不亡"的愚孝观念的一种有力反思与反驳，是旧时代反思父权的先声，具有特殊的文化意义。当然，这个反驳的分寸感还是把握得比较好的，作者终究还是为这一对父子设置了重归于好的结局。否则，哪吒如果真要是复仇成功的话，那也就超出了中国人能够承受的心理界限，很难获得人们的认同了。

西游路上的和尚

在《西游记》第十六回中，唐僧师徒路过观音禅院，遇到了一位二百七十岁的金池长老。金池长老的这个岁数，应该是来源于《心经》。因《心经》正文是二百六十个字，加上其正式的名字《摩诃般若波罗蜜多心经》，就是二百七十个字了。可惜的是，金池长老活了二百七十岁，他天天参禅，却仍然不能修到《心经》中"心无挂碍"的境界，尤其对收集袈裟有一种特殊的偏爱，如同一个痴迷于打扮的女性对于衣服鞋帽的执着。我们平常说"女人的衣橱里，永远少一件衣服"，用到金池长老身上就是"老和尚的衣橱里，永远缺一件袈裟"。金池长老虽然已经有七八百件袈裟了，但见到唐僧的袈裟好，仍然止不住自己的贪念，为了得到它，竟然不惜谋财害命，最终落得个自杀身亡的结果。既然住持如此，那么他的徒子徒孙的情况也好不到哪里去。他手下的两个和尚广谋、广智，完全就是为虎作伥的帮凶；其余一众僧人，也没有一个能够站出来阻止金池长老的罪行。整个观音禅院，哪里是佛门的清净之地，分明就是如同《水浒传》中所描写的十字坡一样的黑店啊！

在《西游记》中，寺庙形象不好的不仅有观音禅院，还有乌鸡国的宝林

寺，和尚们都是些看人下菜碟、欺软怕硬的势利之徒。又如，天竺国的镇海禅林寺中，被金鼻白毛老鼠精色诱而死的那五六个和尚，也都是些自控力不强的假和尚。

除了《西游记》，我们翻看明代的其他文学作品，比如《金瓶梅》"三言""二拍"等，就会发现里面也有不少形象非常负面的僧人。文学是社会生活的反映，很多文学作品都这样写，就足以看出那个时代一般民众对于僧人的普遍看法并不是积极的。

之所以如此，大致有以下原因。

一是时代的原因。明代中晚期以后，一方面是商品经济的空前发展使金钱大潮席卷整个社会；另一方面是陆王心学所引发的思想解放势不可当，这两股潮流的合力使得中国社会出现了一个"放荡的晚明"时期。所有社会成员，无论僧俗，都会受到这股大潮的洗礼，从而表现出不同于以往的行为模式，如不再讳言财利、放纵身体情欲等。

二是明代的僧人，确实有不少素质低下者混迹其中，这些人对社会秩序确实造成了一定的影响。明清时期，由于人口增长与土地问题日趋严重，出现了大量无法通过正常生产维持生计的人员，这些人中迫于生计而出家者所在多有。他们并非出于坚定的信仰而出家，如果要他们保持严格的持戒行为就显然是勉为其难。明代僧人圆澄在其《慨古录》中，曾对僧尼来源不纯所导致的犯戒逾矩之事作出批评："或为打劫事露而为僧者，或牢狱脱逃而为僧者，或悖逆父母而为僧者，或妻子斗气而为僧者，或为负债无还而为僧者，或衣食所窘而为僧者，或妻为僧而夫戴发者，或夫为僧而妻戴发者，谓之双修；或夫妻皆削发，而共住庵庙，称为住持者；或男女路遇而同住者。以至奸盗诈伪，技艺百工，皆有僧在焉！"

三是主流意识形态对僧人的敌视。这种敌视来自两个担心：其一担心宗教对人心的影响。朱元璋本人就是僧侣出身，他对这一点有着切身的体会。其二担心僧人的生活方式不利于国家的控制和管理。中国传统社会是一个人人彼此熟悉的乡土社会，熟人社会中的很多共同体如家庭、家族、村社、乡里等都能有效发挥作用，在很大程度上担负起治理职能，从而减轻了政府的负担。而僧尼则是方外之人，国家无法对其实行严密有效的管理。

总之，在明清小说中，僧尼的负面形象是当时佛教人员与社会法律秩序紧张关系的重要反映，通过文学作品与社会现实的勾连和比照，既可以更全面地理解特定历史时段的社会生活，也能对文学作品在中国法律史研究中的价值有适当的体会和认识。

鱼篮观音

"鱼篮观音"是佛教所谓"三十三观音"之一。所谓"三十三观音",其实就是观世音菩萨的三十三种造型,彼此间的区别仅在于姿态、场景与所持法器,比如杨柳观音、龙头观音、持经观音、白衣观音等。这些不同的观音像,分别展示了观世音菩萨或慈悲,或庄严,或美丽,或法力无边等不同侧面,是观世音菩萨内在世界的外部显现。

在这"三十三观音"中,"鱼篮观音"就是非常流行的一种。

"鱼篮观音"以观音、竹篮、鲤鱼为构图元素,与白衣观音、杨柳观音等观音造像相比,其最明显的特征就是形象娇媚。

那么问题来了:一般来说,菩萨应当是法相庄严的,为什么"鱼篮观音"会以此娇媚的形象示人呢?

《西游记》中的解释是这样:唐僧师徒路过陈家庄,遭遇此地专吃童男童女的通天河水怪灵感大王。唐僧师徒为民除害,不料灵感大王斗不过孙悟空,潜回水底,再不出战。三人无计可施,孙悟空遂驾云找观世音菩萨求救。当孙悟空到达南海时,观音正在竹林中以一柄钢刀削竹篾:

懒散怕梳妆，容颜多绰约。

散挽一窝丝，未曾戴缨络。

不挂素蓝袍，贴身小袄缚。

漫腰束锦裙，赤了一双脚。

披肩绣带无，精光两臂膊。

玉手执钢刀，正把竹皮削。

原来，这灵感大王本是观世音菩萨莲花池中的一条金鱼，每日浮头听经，修成手段。一日海潮泛涨，它趁着水势来到通天河。这天一早，观世音菩萨扶栏观花，不见金鱼，算到它在下界作乱，因此来不及梳妆，便到竹林中削竹篾，编只鱼篮取收它。竹篮编好，观世音菩萨依然是这副打扮，随孙悟空赶到通天河，以鱼篮收了灵感大王，留下陈家庄百姓望空膜拜。内有善于绘画者，留下观音图像，这就是后世广为流传的"鱼篮观音"。

那么，"鱼篮观音"的来历，是否真的像《西游记》所描述的那样，源于观世音菩萨的降妖除怪呢？

回答是否定的。根据明代大学者宋濂《鱼篮观音像赞》的介绍，鱼篮观音像的来历是这样的：唐元和十二年（公元817年）的一天，陕西金沙滩上出现了一位极其娇媚的女子，提着一只竹篮卖鱼。因为她长得太漂亮了，所以男人们十分动心，争先恐后地来看她，都想娶她为妻。这女子说，你们人太多，我嫁不过来啊。这样吧，我教你们佛经，谁能用一晚上的时间背出《观音菩萨普门品》（《观音菩萨普门品》是《妙法莲华经》的一个部分，有一两千字，讲的是观世音菩萨大慈大悲，到处普度众生的事迹），我就嫁给谁。众人一听，都争先恐后地背诵，到了黎明，能背出的有二十人。这女子说，人还是太多啊，这样吧，我再教你们背诵《金刚经》，谁能一晚上背出，我就嫁给谁。《金刚经》有五六千字，这次能背出的人只剩下一半，也就是十个人了。这女子说，人还是太多，不行啊，你们再背诵《法华经》吧。《法华经》有八万余字，当然不是一天就能背出的，于是限期三天。三天之后，能背出的只有一个姓马的年轻人。于是，这女子就嫁给了马家的年轻人。不过，婚礼完成后，当天晚上，这个女子就死了，并且死后尸骨马上就全部烂掉了。马家还能怎样？只好把这个女子埋葬了。事情过后，有一天，一个和尚来到这里，听说了这件事，就说这是观世音菩萨现身，借此来度化你的。马家人把坟墓挖开，果然里面没有人的尸骨，只有一副黄金的锁子骨。"锁子骨"在这里指的并非是普通人的锁骨，而是得道之人连接如锁状的骨节。这件事轰动了整个陕西。自此之后，诵经的陕西人就多了起来，而以此故事为依托的"鱼篮观音像"也就成为观世音菩萨最常见的画像之一了。

我们刚才说过，与白衣观音、杨柳观音等相比，"鱼篮观音"最明显的特征就是长相娇媚。我们知道，观世音菩萨是菩萨，而菩萨应当是法相庄严的。既然如此，那么观世音菩萨为什么会以此娇媚的形象示人呢？这就要说到观世音菩萨的特点了。观世音菩萨慈悲为怀，最善于以各种方便法门开示众生，即使是对好色之人，也不忍心看着他们堕落，于是就幻化成美艳的妇人，以美色吸引他们进入佛门，等他们入门后，再借机引导他们走向善路。

与《封神演义》中的女娲娘娘相比，可以帮助我们理解观世音菩萨的这一特征。商纣王到女娲庙参拜，看到女娲娘娘十分好看，色心顿起，于是在庙里的墙壁上写了一首表达相思的诗。女娲娘娘回来一看，不由大怒，于是招来九尾狐，以美色勾引商纣王，断送了商朝的江山。假如商纣王碰到的是观世音菩萨，观世音菩萨的反应绝对会有所不同，她一定会以纣王的好色为契机，利用自己的魅力，引导商纣王走上向善之路。

女儿国真相

"女儿国"，这是一个仅听名字就能让许多男性忍不住想入非非的国度。那么，这个神奇的国度到底是一个男作家凭着自己的想象纯粹虚构出来的产物，还是有其现实原型呢？

答案是：这是有现实原型的。实际上，历史上留下名字的"女儿国"还不止一个。《山海经》《淮南子》《三国志》《大唐西域记》《旧唐书》等书中，都有所谓"女儿国"的记载。

由于一些报刊文章的误导，现在的一般读者，往往将《西游记》中的女儿国认定为《旧唐书》中所提到的"东女国"。这个"东女国"是公元六七世纪出现的一个地方政权，主要活动范围在四川阿坝州、甘孜州丹巴县和西藏自治区昌都市等地区，是川西及整个藏族历史上重要的文明古国。按照《旧唐书》卷一百九十七中记载，这个国家并非没有男子，只是女人的地位特别高，不但国王是女人，而且在社会和家庭生活中，女性也处于绝对的主导地位。按照我们现在的话说，这个所谓的"东女国"还有着浓厚的母系氏族公社的遗留。

但实际上，这样的说法是不准确的。既然《西游记》以记载玄奘法师的《大唐西域记》为本，那么就应该以该书所记载的"女儿国"为准。按照《大唐西域记》的记载，这个国家是这样的："拂懔国（即东罗马帝国）西南海岛有西女国，皆是女人；略无男子，多诸珍宝货，附拂懔国，故拂懔王岁遣丈夫配焉，其俗产男皆不举也。"翻译成白话文就是，这个国家在东罗马帝国的西南海岛上，国民都是女人；这个国家有很多宝贝，依附东罗马帝国而存在。每年都会派遣一些男子到西女国和那里的女人婚配，女人生下孩子后，女孩被留下抚育成人，男孩则交给男方或被杀死。

若真要找一个与《西游记》中相符合的女儿国，最有可能的是西女国。这个"西女国"在西方很有名，它在《荷马史诗》中被提到过，今天通行的由楚图南翻译的《希腊神话和传说》中，将西女国的国民称为"阿玛宗人"。这个国家里的女人都是骁勇善战的武士，为了便于射箭和投掷标枪，她们甚至把妨碍行动的右边乳房用烙铁烙平。在特洛伊战争时期，这个国家的国王是潘提丝蕾亚，她为了帮助特洛伊人，曾无所畏惧（也可以说是不知天高地厚）地向古希腊最强大的英雄阿喀琉斯挑战，结果被阿喀琉斯一箭射穿右乳而死。在将她射死之后，阿喀琉斯看着她美丽的面庞，心里还惋惜了好半天。

那么，这个"西女国"如何能够进入吴承恩的视野呢？其中有两个原因：一是《大唐西域记》，这是创作《西游记》的母本，作者自然要留意；二是在明代中晚期，一些来自西方的传教士到中国传教，他们也曾经向与他们交往的中国士人提到过这个国家。

这就是《西游记·女儿国》的原型。首先，大家看了笔者的解释，一定会有一种"三观尽毁"的感觉：我们在看1986年版电视剧《西游记》，女儿国的国王缱绻柔情地偎依在唐僧身边的时候，谁能够想象，她的原型竟然是

一名擅长射箭与投掷标枪的英勇女战士？

其次，女儿国是不是男人的乐园。

很多男人想起女儿国来，第一个感觉恐怕就是那里真是男人的乐园，特别是在现实生活中被女人嫌弃的"屌丝"，一想到在女儿国被夹道欢迎的盛况，怕是在梦里都要笑醒了。但笔者要说的是，除非你抱定了"牡丹花下死，做鬼也风流"的信条，否则还是不要去为好。个中原因，那几个接待唐僧师徒的老太太已经说得很清楚了："我一家儿四五口，都是有几岁年纪的，那风月事尽皆休了，故此不肯伤你。若还到第二家，那年小之人，那个肯放过你，就要与你交合。假如不从，就要害你性命，把你们身上肉都割了去做香袋哩！"简单来说，一个男人，来到这个满街都是极度饥渴的女人的国家，只有死路一条。

西游路上的道士

在《西游记》里，唐僧师徒走过许多荒山野岭，也走过许多人间的国度。其中，有好几个国家的朝政是被妖怪所把持或者祸乱的，而这些祸乱朝政的妖怪又有一个共同的特征，那就是它们往往以道士的形象示人。

例如乌鸡国，曾经大旱三年，此时有一游方全真来到此处，施展法术，呼风唤雨，缓解了国内的旱灾，国王大为感激，于是和全真结为兄弟。某天，全真与国王在后花园游玩，来到一处水井，全真骗国王窥视水井，趁机将国王推下水中淹死，自己占了乌鸡国的江山。

又如车迟国，曾有大旱，禾苗不生，生灵涂炭。国王请僧人求雨，毫无动静。这时来了三位道士，施展法术，顿时天降甘霖。国王大为感激，尊三位道士为国师，从此尊奉道教，欺压和尚。

再如比丘国，一个道士将一个美女进献给国王，合国王之意，于是被尊为国丈。国王纵欲无度，身体衰弱，道士随即向国王献上一副强身健体的药方。不过，服食此方要用一千一百一十一个小儿的心肝做药引。于是，国王下令百姓献上小儿，以备取用。

这些道士的一个共同点，就是他们的行径，都和外丹派有着很深的渊源。所谓"外丹派"，又叫"符箓派"，是相对于"内丹派"而言的。和内丹派修炼内丹以求长生不同，他们讲求烧丹炼汞，画符施水。比如，对车迟国的三位道士，就有关于他们喝"圣水"的描写；对乌鸡国的道士，也提到他除了"呼风唤雨"外，还善于"点石成金"；比丘国的国丈，在和唐僧论道时，也提到了自家的手段，其中也有"施符水，除人世之妖氛""应四时而采取药物，养九转而修炼丹成"。

这些道士之所以能够获得信任，除比丘国道士是因为进献美女外，车迟国、乌鸡国的道士都是因为祈雨。特别是在车迟国的故事中，还以相当长的篇幅对祈雨进行了较为详细的描写。有人说，虎力大仙的祈雨法术不是没有成功吗？从此回祈雨的过程来看，虎力大仙有呼风唤雨的神通是毫无疑问的，风雨之所以没有如期而至，不是法术不灵，而是孙悟空以自己的情面紧急叫停了雷公电母、风婆、龙王的行动。

《西游记》中对于沿路君王佞道的种种描写，是有其深意的。作者之所以如此描写，就是要以此来影射明代皇帝佞道的历史事实。

在中国历史上，明代皇帝对道教的青睐是非常突出的。开国皇帝朱元璋对道教中的正一教非常欣赏。洪武七年（公元 1374 年），朱元璋亲自制定道教斋醮仪轨，颁布全国实行。有时他自己也亲自斋戒祈祷。明成祖朱棣（公元 1403—1424 年在位）自命为真武大帝转世。真武大帝就是道教敬奉的"玄天真武大帝"，据说湖北武当山是这位天神的居住地。所以，明成祖在位期间曾经动用大批人力物力，大修武当山道观。明初的这些做法，对整个明代都有一定影响。后来的明朝皇帝都喜欢搞斋醮法事活动，国家节庆日、皇帝和皇后的生日与忌日、旱灾水涝，大事小事都要叫道士做法事。

对道教最为热衷的，莫过于明世宗皇帝。他不仅躬亲斋醮，广修道观，还自封为"三天金阙无上玉堂都仙法主玄元道德哲慧圣尊开真仁化大帝"，对宫中道士委以重任，加官晋爵。他最宠信的道士是邵元杰及由邵元杰引荐给他的陶仲文，二人先后被封为"真人"，官至礼部尚书。而这两个人的得宠，都与他们祈雨成功有关。站在当代科学的角度来看，祈雨除了有民俗学和文化人类学的研究价值，是不会有任何实际功效的。邵元杰、陶仲文祈雨成功，或者出于偶然，或者因为他们善于观测天象，捕捉到下雨的征候而后再进行祈雨活动，于是风雨似乎就在他们的祈求下如期而至。但在科学不甚昌明的古代，却很容易将风雨与道士的求雨活动联系在一起。明世宗好色纵欲，而道士们为明世宗献上的药方之一，即有所谓的"秋石方"，也就是用童男的小便提炼出的晶体，据说对壮阳有奇效，许多道士也因此而大获重用。明代朝政紊乱，对其负责任的首先当然是皇帝本人，但那些献药获宠的道士起到了推波助澜的作用，这是毫无疑义的。这些专走歪门邪道的道士基本上是属于所谓的"符箓派"或者"外丹派"，他们的行为，不但为正直的士大夫所鄙弃，也为那些"内丹派"的道教人士所不齿。

我们了解这些史实后，再看《西游记》中沿路妖道的做派，则作者吴承恩的意思就非常明显了。在当时以皇帝为首的朝廷大力提倡道教的大背景下，吴承恩敢于直面"惨淡的人生"，将道士和国王的沆瀣一气、鱼肉百姓淋漓尽致地表现出来，并安排孙悟空以戏弄的方式打败他们。这对于明代那些专走偏门的道士，甚至是朝廷乃至皇帝本人，都是一种莫大的讽刺。而这确实需要极大的勇气。在这一点上，我们真要为吴承恩的勇气和正直点赞。

牛如意的生意经

在《西游记》中，最会做生意的，应该就是牛魔王的弟弟如意真仙了。

原来女儿国有条奇怪的河流，名叫"子母河"，不论男女，只要喝下河水，就觉得腹中疼痛，八成是怀孕了。如果是误喝，或者改变了主意，也只要到解阳山破儿洞中的落胎泉喝一口打上来的井水，便就解了胎气。但自从牛如意来后，情况便发生了变化。他把那破儿洞改作聚仙庵，呼朋引类，护住落胎泉水，不肯善赐与人。但欲求水者，须要花红表礼，羊酒果盘，至诚奉献，还只能拜求得他一碗泉水。

按照现在的话说，牛如意占有的，是典型的垄断性资源；在所有行业中，最赚钱而又没有竞争的，就是这种行业了。因为资源具有唯一性，所以别人根本就没有和你讨价还价的资本。类似的行业，我们还可以举出旅游业、道路收费、稀缺矿产等。在投入部分资金把产业做起来之后，你唯一要做的，就是用一根绳子把它拦起来，然后坐地收钱。当然，能做这个行业的人，必须要有足够的势力或本领才行，而这两点，牛如意都不缺——他的背后是神通广大、交结广泛的大魔头牛魔王；他的本领在妖怪里虽然算弱的，但和人类比起来，却是不可战胜的。

总之，牛如意的生意，还真是一门无本万利的如意生意。

人参果

　　五庄观的"人参果"，最重要的特点有两个：第一，它是"人参"果，而不是"当归""黄芪"等别的药材的果实；第二，人参果的形状极其特殊，它不是一个少年、壮汉，更不是老人，而是一个出生不满三天的婴儿形状。所以，分析人参果，就要从这两个方面入手。

　　一方面，为什么是人参果？这就要说到中国人对于人参的特殊情结。

　　站在现代实证科学的角度，人参的实际功效到底如何，其实一直存在很大的争议。《美国药典》一度将人参列入其中，但在 1880 年将其删除。《美国国家药典》也在 1937 年将人参删去。目前西洋参原产地的医学权威机构美国医学联合会和加拿大医学联合会都不承认人参的医学价值。简单来说，西方医药界基本不承认人参是药，认为其医疗、保健价值只不过是中国人的想象。

　　但在中国，人参的境遇就大不相同了。《神农本草经》首次将人参作为药物列入其中，在此后的一千年里，人参虽也入药，但地位并不尊崇，基本上是被当作一种保健品看待的。人参开始受到追捧乃至崇拜，是从明朝开始的。它几乎是突然间就具有了"百草之王""众药之首"的至高无上的地位。李时珍在《本草纲目》中收录了其父李言闻撰写的《人参传》，首次对人参作了详细论述，按其说法，人参几乎就是一种包治百病的神药，"人参能治男女一切虚症"。人参由此身价百倍，在中原地带很快就被挖到绝种，只在东北的深山老林中还可找到，以致现在人们一提起人参，就以为是东北长白山的特产，岂不知在古代，山西上党的人参才被视为佳品。在清朝，国人对人参的狂热程度有增无减。到现在，野生人参已濒于灭绝，是国家一级保护植物，严禁采挖。

《西游记》创作于人参受到热烈追捧的明代，所以选择人参而不是当归、枸杞、黄芪作为能够延寿健身的仙家至宝，可以说是势所必然。

另一方面，人参果的形状为什么是出生不满三天的婴儿？这就要说到中国人的"以形补形"观念及中国文化对婴儿的崇拜了。什么叫"以形补形"？简单来说，就是要想滋补某一器官的功能，最简单的方法就是食用动物的同一器官，以及自然界中和那一器官外形类似的食品。比如，肾脏功能不好，最好多吃动物的腰子，以及形状和肾脏类似的腰果或栗子。什么是"婴儿崇拜"？简单来说，就是中国文化，特别是道家文化，对婴儿有着一种异乎寻常的推崇。比如，道家哲学的开创者老子在《道德经》中，竟然有三次直接论及"婴儿"，还有两次则以"孩"或"子"代替"婴儿"之意。《道德经》一书总共才八十一章，五千余字，但竟然五次提到婴儿，足见"婴儿"在老子心中的重要性。在老子看来，婴儿看似柔弱却生机勃勃，小小的身体中包孕着无限的可能，正是"道"的完美载体与完满体现。当然，婴儿是绝对不能吃的，谁吃谁就是禽兽变态加恶魔。比如，万历年间大太监高寀就听信了某些方士的邪说，认为吃够一千个小男孩的脑子，就可以重新变回真正的男人。于是，他到处买小男孩，然后悄悄杀掉吃脑子，这是明朝一件很有轰动效应的大事件，一时人神共愤。据说比丘国国王接受国丈的建议，要用一千一百一十一个小儿的心肝做药引治病，就是对这一事件的影射与讽刺。但形状和婴儿类似的水果就是另一回事了。既然形状和婴儿类似，也就含有和婴儿类似的能量，所以吃也无妨。用一句话来概括，对人参的推崇和"以形补形"观念及对婴儿的崇拜，就造出了人参果这么一个想象中的滋补圣品。

唐僧肉的秘密

《西游记》中最大的设定之一就是吃唐僧肉能够长生不老。一路上，唐僧走到哪里，哪里的妖怪就设下天罗地网来抓捕唐僧，最主要的原因就在于此。那么，作品为什么会有这种设定？这种设定的背后，又有哪些不为人知的秘密？

在《西游记》的世界里，神仙并非无所不能。这种设定是很重要的。从写小说的角度来考虑，如果神仙或者妖怪掌握了法力就无所不有、无所不能，那么他就不需要和这个世界发生关联，任何剧情也就毫无意义。

在《西游记》里，仙、妖、人、鬼四种生命形态之间的关联是多样的，而最核心的，则是"资源"的设定，那是头等重要的大事。它们构成了这四种生命形态之间的交流媒介。

在《西游记》中，"资源"又可以被分成一般资源与稀缺资源。一般资源的种类比较多，比如下界众生的肉体、斋供的食品、供奉上界的香火、人间烧给阴间的纸钱等。这些一般性资源，构成了仙、妖、人、鬼交流的基本媒介。稀缺资源在《西游记》里只有四种：王母娘娘的蟠桃、五庄观的人参果、太上老君的仙丹，以及唐僧肉。它们之所以宝贵，是因为在《西游记》的设定中，神仙和妖怪的寿命理论上可以是无限的，但这个"无限"是有条件的，那就是顺利度过每五百年一次的"雷""火""风"三劫。要想躲避这"三灾利害"，除了变化外，还要仰赖一些能够增强体质的"特效药"，而这些"特效药"，总共就只有蟠桃、人参果、仙丹、唐僧肉四种。

先说蟠桃。在《西游记》中，蟠桃园的意义非同寻常。按照《西游记》的说法，这些蟠桃乃是王母娘娘亲手所栽，也是因为这个原因，后世就把王母娘娘奉为水果行业的祖师爷。蟠桃园中的桃树，可不是一般的桃树。根据《西游记》中记载，蟠桃园的桃林共有三片。前面桃林共有一千二百株，三千年一熟，人吃了成仙了道，身轻体健；中间桃林共有一千二百株，六千年一熟，人吃了霞举飞升，长生不老；后面桃林共有一千二百株，九千年一熟，人吃了与天地齐寿，日月同庚。

次说人参果。关于人参果的功效，《西游记》中五庄观的当方土地曾有很清晰的介绍："这宝贝，三千年一开花，三千年一结果，再三千年方得成熟。短头一万年，只结得三十个。有缘的，闻一闻，就活三百六十岁；吃一个，就活四万七千年。"

再说仙丹。对于仙丹的功效，虽然没有像蟠桃那样非常详细的描述，但也有零星提及。比如，孙悟空醉闯兜率宫，第一反应就是"此物乃仙家之至宝"，而后将这五葫芦金丹如吃炒豆般吞服而下。吃下之后，孙悟空的身体变化是很明显的。当他被二郎神捉住，放在斩妖台上时，任凭刀砍斧斫、雷劈电击，都不能伤其分毫，太上老君解说其中的缘由，就是"我那五壶丹，有生有熟，被他都吃在肚里，运用三昧火，煅成一块，所以浑做金刚之躯，急不能伤"。通过这些描写，我们不难看出仙丹的厉害。

最后说唐僧肉。对于吃唐僧肉何以能长生不老，有人解释，是因为唐僧

吃了五庄观的人参果，理由是在五庄观之前遇到的黑熊精和黄风怪都只把唐僧当作普通的食物。而刚过五庄观，白骨精就有了吃唐僧肉延年益寿的说法。这种看法的思路，就好比我们得了病不必自己吃药，让猪吃药而我们吃猪肉就好了。假如这种看法成立，孙悟空、猪八戒、沙僧也吃了人参果，就算孙悟空是石猴吃不得，可是从没听哪个妖怪说吃了沙僧、猪八戒的肉可以长生不老的。实际上，吃唐僧肉之所以能长生不老，白骨精和银角大王都有解释，而他们的解释也高度一致："唐僧乃金蝉长老临凡，十世修行的好人，一点元阳未泄。有人吃他肉，延寿长生哩。"也就是说，唐僧肉之所以能够延寿，原因就是两个：一是他的前身是金蝉长老；二是他十辈子都守身如玉，从来没有与女性有过任何瓜葛，和吃不吃人参果没有什么关系。白骨精之前的妖怪之所以没有提起这个话头，最大的可能性就是那时唐僧刚刚上路，消息还没有传开而已。

明乎此，就知道为什么沿路的妖怪都对唐僧肉跃跃欲试了。

有人会说，长生药又不是只有唐僧肉一种，为什么这些妖怪就只盯着唐僧肉呢？原因很简单，其他三种更难得到。以蟠桃而论，它的成熟期很长，产量也不是很高。这么意义重大的东西，有满天的神仙看护着，下界妖怪想要得到，那真是"比登天还难"。以仙丹而论，它的主人是太上老君，而太上老君是《西游记》世界中法力最高强的大神之一，其难得程度，也就可想而知。以人参果而论，它的主人镇元子同样也是了不起的大神。论辈分，镇元子是地仙之祖，观世音菩萨也要让他几分；论手段，镇元子法力无边，孙悟空那么强的本领，在他手里也过不上两三招，就被轻轻笼入袖中。要想吃到人参果，对于下界妖怪来说，难度也是极大的。这样看来，唐僧肉差不多就是妖怪能够期盼的唯一"稀缺资源"了。虽然有孙悟空、猪八戒、沙僧几个护法守着，但既然来到了自己的地盘，这千年等一回的机会，为什么不抓住呢？所以他们才会舍死忘生地前来抢夺唐僧，这也构成了《西游记》情节进展的最大推动力。

在《西游记》中，对于吃唐僧肉何以能长寿延生的解释就是如此。那么，这种观念究竟所从何来呢？主要源头有以下两点。

一是童子崇拜。这里的"童子"，不是指年龄，而是指童子之身。以现代科学的眼光来看，一个男人在婚前和婚后，他的体质是没有什么本质变化的。但在一些古人的观念中，破戒前后的男子，却完全不可同日而语。在他们看来，童子之身中蕴含着极其宝贵的能量，一旦破戒，这种宝贵的能量也就消失了。这一点被沿路的妖怪们反复强调："他是十世修行的好人，一点元阳未泄。"唐僧十世为童男之身，则体内存储的生命能量自然是十分强大的，那么吃唐僧肉的补益，自然就非比寻常了。

二是巫术文化。站在人类文化学的视角，吃人的现象在比较原始的部落中曾是一种普遍存在的现象。除了因生存条件恶劣、食物匮乏外，还有一个很重要的原因，就是在原始人的观念中，吃掉敌人，特别是敌人中地位特殊、能力超众的人，就可以获得被吃者的灵力。这种习惯吃人的习俗，随着文明的演进，在绝大多数社会成员中已经逐渐被视为野蛮落后而抛弃，但仍在一些非主流的文化中得以留存。比如，密宗经书《大佛顶广聚陀罗尼经》中，就记载了吃人肉所能获得的益处，并且被吃之人越是优秀，所能获得的益处也就越多，而益处多的标志之一，就是连续多次转世为人。当然，密宗吃人肉是有一系列特定的步骤和仪式的，否则吃了也没有什么用处，这也就解释了为什么西行路上的妖怪捉到唐僧后并不是立马就吃，而一定要耽搁上几天，究其个中原因，除了出于编故事的需要，且一定要给孙悟空留下营救的时间外，还有就是吃人肉需要有一定仪式的影响痕迹。

"御弟"哥哥

说到唐僧的身份，相信所有看过 1986 年版《西游记》中"取经女儿国"那一集的观众，耳边都会立刻响起一声柔情万千的"御弟哥哥"，而后脑海中就会闪出女儿国国王的扮演者朱琳那双波光粼粼、一往情深的大眼睛。

为什么女儿国国王会喊唐僧为"御弟哥哥"？在小说中，唐僧为了大唐的国泰民安而甘愿西行求法，这让唐太宗十分感动。故此，在临行之前，唐太宗不仅亲自为唐僧饯行，还与他结拜为异姓兄弟，对他非常尊重和支持。

那么，历史上的玄奘法师，是不是真的曾经和当时的大唐天子李世民结为异姓兄弟呢？

回答是：没有。在真正的历史中，唐太宗不但没有和玄奘法师结为兄弟，而且也不支持玄奘西行求法。实际上，玄奘西行求法之初，他的身份竟然是一名偷渡客。唐初时期，国家初定，边界不稳，国人不允许出境。贞观元年（公元 627 年），玄奘法师几次三番申请"过所"（即通行证，小说中的通关文牒），以西行求法，但均未获唐太宗批准。政府的禁令并未打消玄奘西行求法的念头，他决心寻找机会，私渡边关。两年之后，长安遭遇大灾，政府允许百姓自寻出路，玄奘法师终于抓住机会，混入灾民，偷渡出关。

既然唐太宗从未和玄奘法师结为异姓兄弟，那么，我们是否能说唐僧这个"御弟"，就是个冒牌货？

当然也不能这么说。原来，唐太宗虽然不曾拥有玄奘这么一个异姓弟弟，但玄奘还真有一位做国王的异姓哥哥，他就是高昌国（今新疆吐鲁番市高昌区东南）国王麴文泰。麴文泰听说玄奘到来，早早就遣使迎候。见到玄奘后，他不但热情供养，更是与玄奘结拜为兄弟。他折服于玄奘的博学多才和豁达的气度胸怀，希望玄奘能留在自己的身边。西行受阻，玄奘乃以绝食抗争，以表其西行的决心。到了第四天，玄奘的身体已经非常虚弱了，麴文泰只好同意放行，不过要求他离开前必须讲经一个月，而且将来玄奘从印度返回路过高昌国时，还要留住三年。对于这些盛情邀请，玄奘都一一答应了。不过令人遗憾的是，这个美好的约定，竟然因麴文泰的突然离世而没能实现。当玄奘从印度返回时，高昌王麴文泰已经不在人世。

所以，历史上的唐僧确实是个"御弟"，不过这个御弟不是唐太宗李世民的，而是高昌国王麴文泰的。

金蝉子

读过《西游记》的人都知道唐僧的前身，是所谓的"金蝉子"。

从镇元大仙的嘴里，我们才得知，唐僧是金蝉子转生。当时师徒四人路过万寿山五庄观，观主镇元大仙有事外出，特地叮嘱留守的弟子清风、明月，对唐僧师徒要善加款待，因为唐僧的前世乃是如来的第二个徒弟，道号金蝉子，二人在五百年前的盂兰盆会上曾有一茶之缘。再后来，镇元大仙的说法在如来那里也得到证实，当唐僧带着几个徒弟完成了传法大业，重新回到灵山的时候，如来对唐僧说道："圣僧（如来这么称呼唐僧总觉得有点怪怪的），汝前世原是我之二徒，名唤金蝉子，因汝不听说法，轻慢大教，故贬汝灵，转生东土。"

但实际上，这个说法是《西游记》杜撰的。查阅佛经可知，如来有大弟子十个，这十大弟子各有一个强项，就是智慧第一舍利弗尊者，神通第一目犍连，说法第一富楼那，解空第一须菩提，论议第一迦旃延，头陀第一摩诃迦叶，天眼第一阿那律，持戒第一优波离，多闻第一阿难陀，密行第一罗睺罗，唯独没有金蝉子。

既然如来没有"金蝉子"这个徒弟，那么作者又为什么要给唐僧安上这样一个名号呢？不同学者作出各自的解释，而这些解释概括起来，有以下几个方面的内容。

第一，"金蝉"是一个标准的炼丹术语，此词频繁使用于15世纪初叶的《抱一子三峰老人丹诀》一书。这里显示出中国自古以来将脱壳变身的蝉作为长生、再生象征的思想同炼丹术相结合的看法。唐僧原名"金蝉子"，说明还未脱壳，不能自由飞翔；只有脱掉那层金壳，才能虚灵自在。

第二，在中国文化语境中，因为蝉择高枝而立，吸风饮露，不食污秽等特点，所以就被赋予了高洁的精神意味；其未脱壳时数年乃至数十年隐忍地下的生活习性，又隐喻着砥砺品质、陶冶情操和追求崇高的精神旅程。基于此，这些都和唐僧高洁的人品，以及为了取经大业而不辞劳苦的特点非常符合。

第三，在汉语里，"蝉"与"禅"是同音字，而"金"除了指为佛家七宝之一的金子，也可以指金刚，象征着美好、锐利、光明。结合起来，"金蝉"正可以象征着唐僧作为一代高僧大德的美好品行。

综上所述，《西游记》的作者选取蝉而不是其他动物作为唐僧的前身，正是全面考察了蝉在中国文化中的各种含义后才作出的选择。只有明白这一点，我们才能领会欣赏《西游记》中的这一细节，从而加深对《西游记》博大精深的感悟与理解。

观音的装备

一想到孙悟空，我们就会联想到金箍棒；一想到猪八戒，我们就会联想到九齿钉耙。同样地，一想到观世音菩萨，净瓶、杨柳枝、甘露水，恐怕就会立刻浮现在我们的脑海之中。

今天，我们就来讲一讲"观音三件套"。

先说净瓶。净瓶与佛教有着密切的渊源，它是梵语的意译，本来是印度民族用来洗手、沐浴等的一种日常生活用具，但佛教徒也在使用，这就逐渐赋予了它法器的宗教意义，其作为法器的宗教意味逐渐压倒了其作为日常生活用具的实用功能。至于观世音菩萨本人的净瓶，那就更是一个大法器了。观世音菩萨手执净瓶，瓶中有甘露水，表示菩萨普救世间的广大悲行。众生可怜，如居火宅，观世音菩萨体察众生之苦，时以瓶中的甘露水遍洒世间，使在热闹中的一切有情皆获清凉。在《西游记》中，这个净瓶也展示了它的强大功能。比如，在收服红孩儿的故事中，观世音菩萨就把整整一个海洋的水盛放在这个小小的净瓶之中，真正体现了佛经中所说的那种"大中现小，小中现大""于一毫端现宝王刹，坐微尘里转大法轮"的不可思议。

　　再说杨柳枝。观世音菩萨随身携带杨柳枝，应当是源自佛陀时代的僧侣随身携带"齿木"的习惯。古代没有牙刷，怎么除去牙垢和口中的异味呢？古人的方法是用纤维比较柔软的树枝，把一头嚼软，而后用这嚼软的一头来刷牙，讲究的还可以蘸上一些盐和香料。使用过后将已用的一段截去，下次再使用后面的一段。僧侣随身携带杨柳枝，据说是因为有的僧侣有口臭，让人讨厌，于是就有人把这种事情告诉了佛陀，佛陀便告诉诸位比丘，应当用嚼齿木的方法去除口臭。佛陀金口玉言，从此，齿木就成为僧侣随身携带的物品。当然，齿木的材质有很多种，除了几种特定的，比如，或恶臭或有毒或有着特定宗教含义的树木不行，其他的都可以使用。观世音菩萨使用杨柳枝的主要原因，除了杨柳枝生命力顽强，在中国极其普遍，方便取用外，还有就是杨柳的枝条特别柔软，可以象征观世音菩萨对众生的慈悲与同情。

　　最后说甘露水。在《西游记》中，这"甘露水"的威力是很大的。孙悟空推倒了镇元大仙的人参果树，别人无可奈何，观世音菩萨瓶中的甘露之水，就能让枯木重生。那么，甘露水是什么水？它从何而来？它到底是江河水，还是雨水？观世音菩萨是来自佛教中的人物，所以答案自然就要到佛教中去找寻。在佛教中，所谓"甘露水"，其实就是水——不过要用《甘露咒》加持一下。你用瓶子也好，用别的容器也好，盛了水，对着水念七遍《甘露咒》，则此水就成为"甘露水"。根据佛经上说的，甘露水的威力是很大的，把它洒向四方，则"饿鬼咽喉自开，法界众生一时皆得甘露饮食，诸鬼神等充足饱满，欢喜无量"。

　　一言以蔽之，"观音三件套"的净瓶、杨柳枝、甘露水是法器，但究其本来面目，其实也就是常见的生活用品和物资。

凤仙郡亢旱三年

在《西游记》第八十七回中，唐僧师徒经过凤仙郡。当师徒四人抵达的时候，这里已经亢旱三年，并无一滴雨水。孙悟空前往玉皇大帝处求雨，得知无雨的原因是凤仙郡的郡守在三年前的玉皇节斋天之时，与妻子发生口角，一气之下将斋天的供奉打翻在地，正好被下界的玉皇大帝碰到。玉皇大帝大怒，于是立下一座米山，一座面山，一把金锁。米山下有一只鸡，面山下有一条狗，金锁下有一盏灯。什么时候鸡吃完了米，狗吃完了面，灯烧断了锁，凤仙郡的大旱才能结束。正当孙悟空无可奈何之时，四大天师指点迷津，说只有多做善事才能化解。孙悟空将此意告诉凤仙郡守，郡守及全城百姓无不焚香念佛，在一片善声中，滂沱大雨果然如期而至，这场大雨缓解了三年旱情。

在这个故事中，玉皇大帝的小题大做给人留下了深刻的印象。而最让今人难以理解的，恐怕还是为什么郡守一人冒犯上天，就搞得全郡亢旱三年，让全郡的百姓都跟着遭殃呢？

其实，《西游记》让凤仙郡百姓替郡守一个人背锅，这样的安排，在中

国古代封建社会并不算稀奇。比如，在《窦娥冤》中，窦娥蒙受了巨大的冤枉，临死之前发下了三桩誓愿。前两桩誓愿是血染白绫、六月飞雪，这是要让大家明白她窦娥死得冤，既有轰动效应，又不会对人们的日常生活造成太大的影响，我们不难理解。但第三桩誓愿，也就是"楚州亢旱三年"，这个誓愿发得也太狠了些。窦娥要求上天这样做的理由是："你道是天公不可期，人心不可怜，不知皇天也肯从人愿。做什么三年不见甘霖降？也只为东海曾经孝妇冤，如今轮到你山阳县。这都是官吏每无心正法，使百姓有口难言！"从中我们可以看出，窦娥的逻辑和玉皇大帝的逻辑都是一样的。

为什么《窦娥冤》和《西游记》会有这种在现代人看起来很奇怪的逻辑呢？这就要说到一套在中国影响极其深远的叫作"天人感应"的观念了。所谓"天人感应"，是儒家的神学术语，认为天与人特别是人中的在上位者之间存在着一种感应关系，人类的行为会上感于天，天会根据人类行为的善恶邪正下感于人。因此，也就能从气象气候的表现，来推知一个国家政治的好坏。孔子曾说："邦大旱，毋乃失诸刑与德乎？"又劝国君"正刑与德，以事上天"，其中的道理，就是所谓："国家将兴，必有祯祥；国家将亡，必有妖孽。见乎蓍龟，动乎四体。"这一理念，最早见于《尚书》，经孔子的继承发挥，到汉代董仲舒的手中才得以完善。

在今天看来，天道是天道，人事是人事，这二者之间本来没有什么必然的关系。而在相信万物有灵的古代，却很容易对"天人感应"这一套理论产生由衷的信服感。而儒家之所以发展"天人感应"的学说，除相信之外，更有政治的考量。这就是，在君主专制的时代，君主乃是至高无上的存在，既没有法律能够对其进行约束，也没有什么机构能够对君王进行制约。我国的皇帝又称为"天子"，也就是号称自己是上天的长子，然后"奉天承运"，意思是代表上天来统治天下臣民。在普遍相信"君权神授"的时代，能够拿出来与君主的权威抗衡、令其感到敬畏的，除了"天"之外，也确实没有什么别的力量了。

经董仲舒完善的这套"天人感应"理论，在后世产生了重大影响。翻阅《二十四史》，古代的帝王每当遇到日月失明、星辰逆行、山崩泉涌、水旱蝗虫等灾异情况，无不悚然忧惧，认为是上天震怒，而谋求补过之道。我们随便举几个例子。比如，贞观十一年（公元 637 年），天降暴雨，致使洛水泛滥，唐太宗立刻就认为一定是自己的政治不够清明，于是立刻下令百官进谏，指出自己的过失。而唐文宗开成四年（公元 839 年），天下大旱，唐文宗认为这都是由于自己的无德造成的，甚至要以退位的方式向上天谢罪。

我们刚才所说的，都是"天子"这个层面的事情。不过，天子以至于诸侯等，逻辑是一以贯之的。明白了这些道理，就知道为什么郡守一人有过，而一郡都为之大旱的原因了。

沙僧的项下骷髅

沙僧被贬下天庭后存身的流沙河，乃是一条"弱水"。

很多朋友第一次听说"弱水"这个词，估计是在《红楼梦》中。那是贾宝玉目睹了"龄官画蔷"这一幕后，终于悟到了爱情的真谛，正所谓"任凭弱水三千，我只取一瓢饮"，从此就结束了"泛情"的阶段，一心一意只想和林黛玉在一起。

其实，"弱水三千"的典故来自《西游记》。书中写师徒四人来到流沙河，只见河水浑浊，波涛汹涌，水面上看不到一条小船，两岸也望不到什么人烟，只有一道石碑，上面写着"八百流沙界，三千弱水深。鹅毛飘不起，芦花定底沉"。碑文上面的诗把流沙河作了详尽的介绍：长三千里，宽八百里，水力很弱，连鹅毛、芦花都漂不起来。那么，什么是"弱水"？原来，有些河流，浅而湍急，这些河流不能用舟船而只能用皮筏来渡过，古人认为这是水力羸弱的缘故，所以称这些河为"弱水"。

那么，唐僧师徒是怎样解决渡河的问题呢？很简单，这就要用到沙僧项下那九个骷髅了。按照观世音菩萨的吩咐，木叉叫沙僧把九个骷髅围绕在从观音处带来的一个葫芦周围，做成了一条法船，师徒四人立在法船之上，稳稳地渡过了流沙河。

沙僧项下的九个骷髅何以有如此的力量？

原来，这九个骷髅头有着非凡的来历。自从沙僧被玉皇大帝贬到流沙河以后，一直就住在水里，靠吃人度日。每当他把人吃完以后，剩下的骷髅便被扔进河水里。绝大多数骷髅都沉到水底，唯有九个取经人的骷髅浮在水面上，沙僧觉得这些骷髅很特别，就用一条绳子把它们穿了起来戴在脖子上。当然，关于这贡献了骷髅的九个取经人到底是谁，也有不同的猜测，而最为大家所接受的，就是这九个取经人都是唐僧的前身。按照《西游记》所说，既然如来将金蝉子贬到南赡部洲，其唯一的使命就是到西天取经，那么，"取经"就必然内化为金蝉子生命中最顽强的密码，深入到他的基因之中。西天取经之于金蝉子，就好比大马哈鱼纵然九死一生也一定要回溯到自己出生的江河中去产卵，所以金蝉子在他到现在为止十世的生命中，一定都是锲而不舍地走在西行求法的路上的。金蝉子在第十世也就是转世为唐僧之前已经经历了九世，而沙僧杀死的取经人也正是九个，这一定不是数字上的偶合。九个取经人虽然因为传法的时机未到，都没有获得成功，但他们的愿力和业力都凝聚在这九个骷髅之上，所以才能具有漂浮于流沙河这"弱水"之上的特殊的功能。

主弱从强

大家一想到《西游记》中的唐僧，恐怕第一个印象就是觉得他无能。不是吗？身为取经队伍的领导者，他实际上是这个队伍中武力值最弱的那一个，离开了孙悟空、猪八戒、沙僧的保护，不要说金翅大鹏、独角兕大王这样的大魔头，随便一个像精细鬼、伶俐虫、奔波儿灞和灞波儿奔这样的小妖，也都可以要了他的命。所以，在西行路上，孙悟空就不止一次地说，唐僧是没用的"脓包""废物"。

可偏偏就是这样一个"无能"的人，却担任了西行取经队伍的领袖，带领大家一路向西，最终取得了真经。

不仅《西游记》中有这种情况，《三国演义》中的刘备、《水浒传》中的宋江，也都有这种情况。

正因为如此，所以很早就有人指出，包括《三国演义》《水浒传》《西游记》在内的许多中国小说，都存在着一个很明显的特点，那就是所谓的"主弱从强"。

那么，这种印象对吗？回答是：既对，也不对。

说对，是因为我们按照本领来说，唐僧的确是太弱了。在这几个人中，孙悟空的本领最强：有七十二般变化，奥妙无穷；有担山赶月之力，力大无穷；铜头铁额、刀枪不入；一个筋斗十万八千里，来无影去无踪。猪八戒的本领次之，但也有三十六般变化，水里功夫了得。沙僧最不济，但也能腾云驾雾，有一身足以自保的功夫。唯独唐僧，就是个普普通通的和尚，除了一身让妖怪垂涎三尺的好肉，他是一无所有。

说不对，是因为我们对"本领"的理解、认知有些狭窄。一个现代生活的例子可以很好地说明这个道理。比如，我们看到各国政要身边经常配有保镖，一旦遇到意外情况，这些保镖就会大展身手，保护这些要人的安全。以这些政要的年龄和身体状况，如果论身手，大概都会非常笨拙。但是，我们能像孙悟空说唐僧那样，说这些大人物是所谓的"脓包"，是"不济"的废物吗？肯定不能，因为衡量一位政要的标准与衡量一位保镖的标准是完全不同的。同样的道理，我们说唐僧窝囊，在很大程度上是拿一个保镖的标准去衡量唐僧。

那么，我们应当以什么标准来衡量唐僧呢？

答案很简单。既然唐僧是取经队伍中的领导，我们就要拿领导的标准来衡量唐僧。以现代领导学的衡量标准，领导力应该包括两个方面：一方面是方向感；另一方面是驱动力。而拿这两个标准来衡量唐僧，就会得出完全不同的结论。他自始至终都是取经队伍中真正的灵魂。尽管面对男魔他有过恐惧，面对女色他有过片刻动摇，但最终他还是战胜了山中与心中的两重妖魔。他把几个各有优长也各有缺点的徒弟凝聚成一个集体，获得了取经大业的圆满胜利。总体而言，作为取经队伍的领导者，唐僧是能够胜任工作的，他并不弱。

甚至他的"弱"，从另一个角度来看，也可以说构成了他的另一个优长。

那就是，正因为他没有什么像样的神通，所以就干脆放手让徒弟们发挥各自的优长去降妖除魔，这也就最大限度地激发了他们的主观能动性，特别是让孙悟空焕发出了自己的生机与活力，使整个队伍也显得蓬勃向上。

唐僧团队的"主弱从强"，带给我们的启发是深刻的。这就是我们要学会从多维的角度来看待问题。不同身份、不同责任的人，其衡量标尺是不一样的。只有尺子拿对了，得出的结论才可能正确。我们为什么会觉得唐僧、宋江、刘备很弱，没有本事？原因很简单，就是因为我们绝大多数人都把所谓"本事"限定在了一个狭窄的范围之内。其实，所谓"本事"，包括的范围是极为广泛的，写一手好文章是本事，有一身好武艺是本事，管理一个团队是本事，吸引众人追随也是本事。我们绝大多数人，因为自身工作生活的局限，往往对"本事"的理解极其狭窄，甚至狭窄到了只会用自己的所长作为判断他人是否有"本事"的标准。认知维度的狭窄，不但造成了我们目光与心理的狭窄，也限制了我们人生格局与境界的提升。有一句格言说得特别好："对于手里只有一把锤子的人来说，所有东西看起来都像一颗钉子。"增加认识世界的维度，让自己在认识世界的工具箱中增加些工具，不但能让这个世界在你眼中显得更加丰富多彩，而且也能让你对这个世界所发生的问题更有解决办法。

黑熊精不死

　　在《西游记》中，最受优待的野妖，应当非黑熊精莫属了。他虽然是个妖怪，但居住的地方特别清幽别致。他的谈吐温文尔雅，处处透出一种高人逸士的风范，连孙悟空也不由得感叹："这厮也是个脱垢离尘的怪物。"观世音菩萨接受孙悟空的请求，前来降妖，一踏上黑熊精的洞府，也竟然心中暗喜："这业畜占了这座山洞，却是也有些道分。"正因为如此，观世音菩萨在降服黑熊精之后，并没有由着孙悟空将其打死，而是将他带回普陀山，做了个守山的大神。要知道，以观世音菩萨的神通广大和手眼通天，能跟随其左右，基本上也就意味着拥有一个光明的未来。

　　何以黑熊精会受到如此优待呢？有人说，这是因为他背景深厚：观音禅院是观世音菩萨的道场，他和观音禅院的金池长老交往，也就等于间接地和观世音菩萨取得了关联。当然，这肯定是不对的。观音禅院的住持是金池长老，但他尚因自己的贪心而受到惩罚，何况只与金池长老有交往的黑熊怪呢。

黑熊精之所以在《西游记》这样一部充满神话色彩的文学作品中受到特殊的优待，最大的可能，恐怕就是熊在中国文化中的殊胜地位。

今天的人们，当说到"熊"字时，基本上会想起一些负面的词语，比如狗熊、笨熊、熊样、熊包等。但在古代，特别是在上古时代，中国人对熊却有着非同一般的情感。它不仅是中华民族公认的祖先——黄帝所在部落的姓氏，还是中国历史上第一个王朝——夏的信仰。历史记载的就有，"黄帝有熊氏""本是有熊国君之子"。早有学者提出，上古部落的姓氏往往渊源于图腾名称，如果此说不错的话，黄帝所在的有熊氏，自然与熊图腾有着千丝万缕的关联。至于夏，据《史记·夏本纪》中记载，原本就是黄帝有熊氏的后裔建立的。还记得大禹的父亲鲧吗？根据《左传》的记载，鲧当初因为治水失利被尧杀死后，魂魄即化为一只黄熊。至于禹本人，更是与熊有着不解之缘。他在治水的过程中，遇到特别难疏通的地方，就会化身为一只力大无穷的巨熊，用爪子挖开泥土与山石。后来大禹当了天子，制作了东、西、南、北、中五方之旗，其中最为重要的"中正之旗"的标志，就是熊。所有这些都表明熊在夏文化中的突出地位。

其实这还不是熊图腾的最早起源。在比黄帝早一千多年的红山文化的祭祀仪式里，就已经出现了熊的踪影。在牛河梁遗址的女神庙中，考古人员曾发现真熊的下颌骨和泥塑的熊头、熊爪。此外，在附近的其他新石器时代遗址中，也出土过人工塑造的熊像残件。通过这些历史的碎片，我们不难看出熊在先民心中的特殊地位。

为什么看似傻乎乎的熊，会成为我们祖先膜拜的图腾呢？有学者认为，因为熊的生命力顽强、力大无穷，所以被视为男性勇气和力量的象征；也有学者认为，熊的季节性活动规则，尤其是冬眠的习性，给原始人造成一种死而复活的印象。因此,熊被视作大自然力量重生的体现而受到崇拜。暂且不论谁是谁非,有一点可以肯定的是,熊在代表我们祖先精神信仰的诸多图腾中,绝对是一个举重若轻的角色。《西游记》中的黑熊精,从形象上看比较正面,从结局上看还不错,应该是作者潜意识中受到的中国文化对熊的尊崇的影响,而非纯粹出于偶然。

艺术篇

西游宇宙

《西游记》在艺术上的最大特色，就是它惊人的想象力，而这种想象力，又特别突出地表现在它所构建的西游宇宙。

"宇宙"一词，最早来源于《尸子》："四方上下曰宇，往古来今曰宙。"它包括空间，也包括时间。

先说空间。《西游记》中的空间，可以分为天庭、地面、地下这样的上、中、下三层。天庭是玉皇大帝所统辖的地方，在《西游记》中，天庭的居住者包括玉皇大帝、西王母、太白金星、二十八星宿、天兵天将等天仙。在《西游记》的描述中，天庭的主体部分类似一座城池的构造，有四个天门，四个天门分别由四大天王把守。有意思的是，天庭本身也是分层的，最高处就是太上老君所居住的"兜率天宫"。地下世界是十殿阎罗及鬼魂所居住的地方，也就是我们平时所说的"地狱"。在《西游记》中写到地狱的地方不多，只有寥寥可数的几处。比如，唐太宗魂游地府、孙悟空大闹地府撕毁生死簿、因六耳猕猴事件到地府辨别真假美猴王、东

平府搭救寇员外增加其一纪阳寿等，其中最为详尽的描述是唐太宗魂游地府。地面世界是人类所居住的地方，也是《西游记》中唐僧师徒主要活动的空间。按照《西游记》中的描述，其主体部分是所谓的"四大部洲"：东胜神洲、西牛贺洲、南赡部洲、北俱芦洲。这四大部洲的周围是由海水包围的，而在海面上，则有一些海外仙岛星罗棋布，仙岛上居住着一些菩萨散仙。

那么，这个空间是来自作者的向壁虚构吗？不是。比如，海外仙山的设置，它来自中国的神话传说及道教经典；四大部洲及阴曹地府的设置，主要来自佛教；四大部洲方位关系的整合来自古丝绸之路、海上丝绸之路的旅行实际经验；而其中涉及的一些神仙具体的住处，如观世音菩萨所在的南海普陀山、普贤菩萨所在的峨眉山、文殊菩萨所在的五台山等，则来自当时中国的宗教圣地的实际地理分布。正是这三重空间，为《西游记》的故事展开，特别是为孙悟空的施展腾挪，提供了一个广阔而立体的舞台。

再说时间。在《西游记》中，多次写到天庭的时间快慢与人间不同。比如，孙悟空第一次上天庭担任弼马温，在履职大半个月之后，因为得知弼马温是不入流的小官而反下天庭，回到花果山，群猴叩头迎接，办酒接风，都道："恭喜大王，上界去十数年，想必得意荣归也？"孙悟空道："我才半月有余，那里有数十年？"众猴道："大王，你在天上，不觉时辰。天上一日，就是下界一年哩！"这是在《西游记》里第一次点明天界与人间时间的差别。关于这一点，后文还有几次提到，比如，后来托塔天王的干女儿金鼻白毛老鼠精把唐僧捉进无底洞准备成亲，孙悟空在无底洞里发现金鼻白毛老鼠精供奉着托塔天王李靖及哪吒三太子的牌位，于是就拿着牌位上天宫与李靖理论。李靖早就忘了下界还有这么个干女儿，认定孙悟空是无理取闹，还是哪吒在一旁说明原委，李靖才恍然大悟。孙悟空得理不饶人，硬要拉着李靖到玉皇大帝处打官司，还是在一旁的太白金星说了一句："大圣，'俗话说一日官司十日打'，这天上一日，就是下界一年。等到官司打清了，怕是小和尚都生出来了。"孙悟空这才停止了和李靖的纠缠，与其共同下界去捉拿妖怪。

关于人间和下界的时间快慢，《西游记》里似乎没有显示出明显的不同。比如，孙悟空大闹阴曹地府，从被勾死人捉到地府，再到扯碎生死簿，直至打出幽冥界，都发生在孙悟空酒醉后的那一夜里。这似乎表明，在作者的观念中，地府与人间的时间节奏基本上是同步的。

《西游记》中的时间逻辑，有着很深的文化渊源。中国很早就有所谓"洞中（天上、山中等都是这种说法的变形）方一日，世上已千年"的说法，文学作品中对这一点也有所体现，知名度极高的就是东晋天文学家虞喜在《志林》中讲的"王质烂柯"的故事：王质到山中砍柴，见到两个童子下棋，于是在一旁观看。等到一局结束，再看身边的斧子，斧柄已经烂掉了；回到家乡，父母早已故去，原来就在他看棋的这一段时间，世间已经过了一百多年。这种不同地域时间快慢不同的观念，应当是出于佛教的影响。在佛教中，不同世界的时间快慢是有着极其悬殊的差别的。比如，弥勒菩萨所在的兜率天，那里的一昼夜，就相当于人间的四百年。在佛教传入中国以前，并没有这种不同地域时间快慢不同的记载，但到佛教在中国影响日益广泛的魏晋之后，这种说法就日益广泛了，其中的影响关系，应该是一目了然的。

而造成这种不同地域时间不一的根本原因，则在于人的心理特质。人对于时间的感受，总是快乐时觉得时间过得很快，而痛苦时则觉得时间过得非常缓慢，所谓"度日如年""快乐"（快乐即无时间感）等常用词语，其实就已经把这里的秘密揭示得很清楚了。而今天心理学上的关于"心流""高峰体验"等心理状态的描述，其实也都抓住了心理时间与客观时间的差异这一特点。人们将天宫、仙洞等地视为理想、快乐之地，所以在想象中赋予了"天上方一日，地下已千年"的不同于人间的时间节奏。

《西游记》所创造出来的，就是这样一个来源极其复杂的宇宙。我们指出西游宇宙的构成来源，并不是要否定作者具有丰富的想象力。实际上，将如此来源复杂的时间与空间组织得井井有条，本身就是想象力丰富的证明。作者站在当时所具备的条件的基础上，不拘泥于某家某派的固定立场，提供了一个宇宙全图，力图给予那个世界一个包容性极强的解释，极富雄心与抱负。

这种强大的整合能力来自作者对宇宙事物的终极关怀。实际上，中国一直不缺乏像作者这样的人，如伟大诗人屈原就在《天问》中，对宇宙起源、天地运行、历史规律等问题发出了一系列的根本大问，这背后是对终极问题的认真思考，以及思而不得的困惑。正是这种精神支撑着人类对世界的观察和思考。一部《西游记》不是从具体的事件写起，而是从开天辟地、天地之数、四大部洲写起，没有这种宏括八方万合、古往今来的深度思考是不可能做到的。既然敢于从这些宇宙人生的根本问题写起，就说明作者必然对于这些东西已有了一个大致准确的回答。作者站在时代的立场，汲取古往今来所有关于这个世界构成的各种解释，将其组合在一起，对于这个世界作出了尽量圆融的解释，是站在那个时代的高度的。比如，对天地之数的解释，就汲取了宋代理学家邵康节的解释；对世界构成的理解，则汲取了佛教"四大部洲"的解释。当然，作者生活的明代中晚期，科学技术还不发达，不可能将宇宙大爆炸作为宇宙的开端；对于人类何时出现，也不可能以达尔文进化论来解释。但在科学昌明之前，作者对于世界的解释，就是最有包容性和说服力的了。正因为如此，自《西游记》问世以来，它所创立的这个宇宙，就扎根在中国人的心中，成为中国人理解世界、展开想象的舞台。

滑稽之雄

在中国章回小说的"六大名著"，也就是《三国演义》《水浒传》《西游记》《金瓶梅》《儒林外史》《红楼梦》中，《西游记》显得尤为特殊。因为其他五部名著都是悲剧，唯有《西游记》透露出一种鲜明浓郁的喜剧气氛。陈元之在世德堂本《西游记》的序言中说它意近"滑稽之雄"，应该说是对这部小说美学特征的一个很好的概括。

"滑稽之雄"实际上包含两点：第一点是"滑稽"，即幽默和喜剧色彩；第二点是"雄"，也就是它所具有的那种昂扬乐观的精神气质。而之所以具有这种独特的美学风格，离不开作者对于多种喜剧手法的纯熟运用，离不开撑起全书喜剧情节的两个重要人物——孙悟空与猪八戒，尤其离不开作品所特有的那种自由昂扬的乐观精神。

多种喜剧手法的纯熟运用。《西游记》是一部"源于历史，成于历史"的小说。在很长的一段时间里，西游题材的作品都是以市民文艺的形式出现的；而在文艺作品中得到快乐和愉悦，是市民欣赏文艺作品时的一个重要诉求。为了愉悦各自的受众，每一代艺人都贡献了他们的才华，而其中的精华部分也在《西游记》中得到了保留。正因为如此，《西游记》也就成为滑稽幽默之大成，几乎一切我们今天所能找到的喜剧手法，在《西游记》中都得到了很好的运用。

比如夸张。在"三藏不忘本，四圣试禅心"中，猪八戒的好色就被夸张到了一种不可思议的地步。当他听说贾莫氏有三个如花似玉的女儿，早已心痒难挠，坐在椅子上疑似针戳屁股；等到真真、爱爱、怜怜三个女孩娉娉婷婷地站在猪八戒面前的时候，猪八戒更是色心紊乱、目不转睛，顾不得三藏、悟空还在场，"娘"字都忍不住喊出了口。当黎山老母假扮的贾莫氏假意担心三个女儿会因为只能有一个出嫁而彼此不和时，猪八戒的回答是："娘，既怕相争，都与我罢，省吵吵，乱了家法。"这已经够夸张的了，但仍然还不是高潮。高潮的部分是，当猪八戒撞天婚而无果，一个女孩也没捞着，面对贾莫氏"他们大家谦让，不肯招你"的解释时，他竟然说出了堪称石破天惊的一句话："娘啊，既是他们不肯招我啊，你招了我罢。"一个人的好色与死皮赖脸竟然到了这种地步，所造成的喜剧效果也是相当惊人的。

又如戏谑。孙悟空在平顶山营救猪八戒这一段，戏谑之语运用得很出彩。

　　却说猪八戒吊在梁上，"哈哈"地笑了一声。沙僧道："二哥，好啊，吊出笑来也！"猪八戒道："兄弟，我笑中有故。"沙僧道："甚故？"猪八戒道："我们只怕是奶奶来了，就要蒸吃；原来不是奶奶，是旧话来了。"沙僧道："甚么旧话？"猪八戒笑道："弼马温来了。"沙僧道："你怎么认得是他？"猪八戒道："弯倒腰，叫'我儿起来'，那后面就揪起猴尾把子。我比你吊得高，所以看得明也。"沙僧道："且不要言语，听他说甚么话。"猪八戒道："正是，正是。"

那孙大圣坐在中间，问道："我儿，请我来有何事干？"魔头道："母亲啊，连日儿等少礼，不曾孝顺得。今早愚兄弟拿得东土唐僧，不敢擅吃，请母亲来献献生，好蒸与母亲吃了延寿。"行者道："我儿，唐僧的肉我倒不吃，听见有个猪八戒的耳朵甚好，可割将下来整治整治我下酒。"那猪八戒听见慌了，道："遭瘟的！你来为割我耳朵的！我喊出来不好听啊！"

正如林庚先生所指出的，孙悟空假扮二位魔头的母亲，本来是为了营救唐僧、猪八戒、沙僧，可是，因为知道自己被猪八戒识破了，便又有意调侃捉弄他一番，提议要吃猪八戒的耳朵。在这身家性命的紧要关头开这样的玩笑，多少有些不近人情，而猪八戒偏偏又当了真，差一点喊了出来，这又未免过于迟钝了。可是这在整部《西游记》中是十分协调的，既符合孙悟空随机应变、诙谐调笑的个性，也符合猪八戒认死理、不开窍的特点，而且又是沿着二人一贯插科打诨的路数而来的，人物的性格与喜剧角色自身的行为逻辑结合了起来。

再如调侃。孙悟空在朱紫国为国王治病，在用大黄、巴豆、锅底灰、白龙马的马尿制作了三枚"乌金丹"后，又开出了几样特殊的药引子：半空飞的老鸦屁、紧水负的鲤鱼尿、王母娘娘的搽脸粉、太上老君炉里的炼丹灰、玉皇戴破的头巾三块，以及困龙须五根。当医官表示这些东西实在是无处可办时，孙悟空又开出了一个替代品：无根水，也就是天上下的还未落地的雨水。看看天色不像很快就能下雨的样子，孙悟空还帮了朱紫国国王一个大忙：请来东海龙王，打了几个喷嚏，吐了一些口水，王宫中那些妃嫔宫女拿杯盏接了，总共约有三盏，最终让国王将乌金丹顺利服下。在旧社会，很多郎中医术低劣，为了避免事后的麻烦，往往就会开出些奇怪而难得的药引子，以为日后推诿责任埋下伏笔。这很明显，《西游记》对于药引子的描写，是对社会上那些医术低劣、故弄玄虚的庸医的调侃。

其他又如讽刺、对比、错位、戏仿、反转、误会、悖谬等，在《西游记》中都有很好的运用。

喜剧人物的设置。在《西游记》中，孙悟空与猪八戒是喜剧情节的主要担当。《西游记》中的幽默应该说是俯拾皆是的，但是，大多数富有喜剧性的故事情节是发生在孙悟空和猪八戒身上，又特别是常常发生在孙悟空和猪八戒之间的。如果说孙悟空是主角，那么猪八戒就是他的主要配角。他们之间在相貌、体型、性格、行为方式之间的差异，构成了鲜明对比，也构成了许多富有喜剧特性的冲突。

孙悟空和猪八戒的差异，外在表现为他们的体貌特征上。孙悟空的体貌特征，书中有多次描写，他体型瘦小，身不满四尺，罗圈腿，拐子步，毛脸，雷公嘴、红眼睛、红屁股，是一个标准的猴相，处处透露出精明、能干的特点。而猪八戒的体貌特征则是身高八尺，体形硕大，黑脸短毛，莲蓬般一个吊搭嘴，两个耳朵盖着眼睛，一副猪头猪脑的样子，处处透露出蠢笨的特点。他们各自形象分明，本来就让人看来饶有兴味，而二者的对比，其中所显现出来的强烈反差，更让人觉得忍俊不禁。在传统相声演员的选择上，捧哏和逗哏往往选择形貌形体有所差异的演员，其中所关注的，也是因为对比反差而显现出来的喜剧性。

孙悟空和猪八戒的差异还显现在他们的性格和行为方式上。孙悟空的性格是好动的、急躁的，用他自己的话说，"你就把我锁在铁柱子上，我也要上下爬蹭"。而猪八戒的性格则是慵懒的、怠惰的，是一个能躺着绝不坐着的形象。孙悟空有强烈的好胜心，有一种不达目的誓不罢休的韧性和自信；而猪八戒则是得过且过，遇事常常采用"鸵鸟政策"，遇到厉害的妖怪时，他经常一头钻进草丛里，顾头不顾腚，有的时候能幸运地躲过去，有的时候则还是难免被妖怪捉住。

这种明显的反差，也来自作者对不同角色的设定。猪八戒的原型是源于农村，而孙悟空的原型是源于市井。猪八戒的身上带有浓重的农村气息。猪八戒常常怀念他在高老庄的生活，这种回归土地、眷恋家园、渴望定居生活的心情也正是长期依附于土地的典型的农民意识与农民心理。相比较而言，孙悟空更多的是带有游民阶层的特点。他没有家庭，居无定所，浪迹天涯，习以为常，甚至乐在其中。正因为如此，孙悟空也就不放过一切机会嘲笑猪八戒的恋家心理。

自由昂扬的乐观精神。《西游记》中的滑稽幽默，与一般的滑稽幽默有着很大的不同。它具有一种特别昂扬乐观的精神。这种昂扬乐观的精神，突出地反映在一号主人公孙悟空的身上。

毫无疑问，孙悟空是一个英雄的形象。但这个英雄，与文学作品中更多以悲剧形象出现的英雄又有着本质的不同。他的情绪总是昂扬而乐观的，对于沿路妖魔的挑战，他的态度是兴奋乃至期待的。和唐僧听说有妖怪往往从马上一头栽下来，猪八戒听说有妖怪恨不能一头扎进草丛里不同，孙悟空每到一处，经常是跃跃欲试，主动问询可有妖怪。有人请他捉妖，他就兴奋异常，不但不要财物，还要反过来感谢人家照顾他老孙的生意。他的为人处世和言谈举止，处处都透露出幽默滑稽，比如，在朱紫国，他向妖怪通报自己的姓名，说自己的名字叫"外公"，当妖怪出来喊一声"朱紫国来的外公在哪里"时，孙悟空笑吟吟地站了出来，说"老孙便是"。

这是非同凡响的笔墨。正如林庚先生所指出的，在英雄传奇中去表现喜剧的精神，本来就是一件很困难的事情，因为英雄历来多产生于悲剧之中；古代戏曲，调笑滑稽的角色虽然处处可见，却很少能够同时创造出这样一个英雄性格；至于市民喜剧中的大团圆结局，又不过是有情节外在赋予的廉价的乐观主义。

何以《西游记》如此卓尔不群？

林庚先生的回答是：它真正的来源也只能是通过《西游记》中所具有的童话性来解释。为什么童话总是富有一种昂扬向上的乐观精神？原因很简单，因为童话是儿童的天地，而这块天地中的一切，总是和儿童的天真、成长联系在一起的。"这里的一切都是新的希望的开始，是面向无限的可能的世界发展着的，因而也正代表着一种新生的和成长着的原始的生命活力。童话中的乐观情调便是这人生初始阶段上健康的精神状态的生动写照。因为童年并不知道什么是真正的悲哀，它陶醉在不断成长的快乐中，为面向无限的发展所鼓舞，这是个体生命史上不断飞跃的时期。而在真正进入社会之前，童年的世界又是自由的、未定型的，显示着无限发展的潜力与可能性，这里正有无尽的快乐。所以真正的童话从来都与悲观主义无缘。"① 正是这种童话精神，赋予了《西游记》以一种昂扬乐观、充满希望、健康向上的情调。当年吴组缃先生说的"中国文化的生长性要素，《西游记》无不具备"，很大程度上就来源于对这种情调的敏锐感知。

---

① 林庚：《大家小书：西游记漫话》，北京出版社 2004 年版，第 126 页。

游戏精神

在《李卓吾批评西游记》中有一句非常有名的话，叫作"游戏之中，暗传密谛"。这句话说得真好。从它具体的语境来看，大概意思是说，《西游记》常常借游戏笔墨来传达思想，所以一定要深入体会，否则便是辜负了作者的一片苦心。但笔者要补充的是，其实随处可见的游戏笔墨，以及浸透其中的游戏精神，本身就是《西游记》的密谛之一。

借游戏表达观念，在《西游记》中所在多有。比如，在狮驼岭故事中，猪八戒被三个大魔头捉住，泡在水池之中。孙悟空赶去救他：

> 好大圣，飞近他耳边，假捏声音，叫声："猪悟能！猪悟能！"八戒慌了道："晦气呀！我这悟能是观世音菩萨起的，自跟了唐僧，又呼做八戒，此间怎么有人知道我叫做悟能？"呆子忍不住问道："是那个叫我的法名？"行者道："是我。"呆子道："你是那个？"行者道："我是勾司人。"那呆子慌了道："长官，你是那里来的？"行者道："我是五阎王差来勾你的。"那呆子道："长官，你且回去，上复五阎王，他与我师兄

孙悟空交得甚好，教他让我一日，明日来勾罢。"行者道："胡说！'阎王注定三更死，谁敢留人到四更！'趁早跟我去，免得套上绳子扯拉！"呆子道："长官，那里不是方便，看我这般嘴脸，还想活哩。死是一定死，只等一日，这妖精连我师父们都拿来，会一会，就都了帐也。"行者暗笑道："也罢，我这批上有三十个人，都在这中前后，等我拘将来，就你便有一日耽搁。你可有盘缠，把些儿我去。"八戒道："可怜啊！出家人那里有甚么盘缠？"行者道："若无盘缠，索了去！跟着我走！"呆子慌了道："长官不要索。我晓得你这绳儿叫做'追命绳'，索上就要断气。有！有！有！——有便有些儿，只是不多。"行者道："在那里？快拿出来！"八戒道："可怜，可怜！我自做了和尚，到如今，有些善信的人家斋僧，见我食肠大，衬钱比他们略多些儿，我拿了攒在这里，零零碎碎有五钱银子。因不好收拾，前者到城中，央了个银匠煎在一处，他又没天理，偷了我几分，只得四钱六分一块儿，你拿了去罢。"行者暗笑道："这呆子裤子也没得穿，却藏在何处？……咄！你银子在那里？"八戒道："在我左耳朵眼儿里揾着哩。我捆了拿不得，你自家拿了去罢。"

行者闻言，即伸手在耳朵窍中摸出，真个是块马鞍儿银子，足有四钱五六分重，拿在手里，忍不住哈哈一声大笑。那呆子认是行者声音，在水里乱骂道："天杀的弼马温！到这们苦处，还来打诈财物哩！"行者又笑道："我把你这馕糟的！老孙保师父，不知受了多少苦难，你倒攒下私房！"八戒道："嘴脸！这是甚么私房！都是牙齿上刮下来的，我不舍得买了嘴吃，留了买匹布儿做件衣服，你却吓了我的。还分些儿与我。"行者道："半分也没得与你！"八戒骂道："买命钱让与你罢，好道也救我出去是。"行者道："莫发急，等我救你。"将银子藏了，即现原身，掣铁棒把呆子划拢，提着脚，扯上来，解了绳。八戒跳起来，脱下衣裳，整干了水，抖一抖，潮漉漉的披在身上，道："哥哥，开后门走了罢。"行者道："后门里走，可是个长进的？还打前门上去。"八戒道："我的脚掴麻了，跑不动。"行者道："快跟我来。"

在这段描写中，虽然孙悟空的做法显得很促狭，但对于为什么这样做，书中是有交代的，那就是看到猪八戒既狼狈又好笑的样子，孙悟空的心中是又怜又恨。怜的是猪八戒也曾是龙华会上的一个人，今日成此模样，又是这般处境；恨的是他动不动要分行李散伙，又经常撺掇师父念"紧箍咒"来咒自己。加上前几天听沙僧说，他偷攒私房钱，所以对猪八戒的捉弄就有惩戒的意味，显得合情合理。不但如此，这样的笔墨也可以理解为是对世间那些身在佛门，却贪财图利的出家人的讽刺，所以在滑稽的文字背后，其实是有深意寄托在其中的。一言以蔽之，就是搞笑的文字背后，实在是"有大义存焉"。

但同在狮驼岭故事中，有一些文字，我们却是拿着放大镜，也找不出其中的"微言大义"。比如，唐僧师徒四人被金翅大鹏捉住：

师徒们正说处，只闻得那老魔道："三贤弟有力量，有智谋，果成妙计，拿将唐僧来了！"叫："小的们，着五个打水，七个刷锅，十个烧火，二十个抬出铁笼来，把那四个和尚蒸熟，我兄弟们受用，各散一块儿与小的们吃，也教他个个长生。"八戒听见，战兢兢的道："哥哥，你听。那妖精计较要蒸我们吃哩！"行者道："不要怕，等我看他是雏儿妖精，是把势妖精。"沙和尚哭道："哥呀！且不要说宽话，如今已与阎王隔壁哩，且讲甚么'雏儿'、'把势'！"说不了，又听得二怪说："猪八

戒不好蒸。"八戒欢喜道："阿弥陀佛，是那个积阴骘的，说我不好蒸？"三怪道："不好蒸，剥了皮蒸。"八戒慌了，厉声喊道："不要剥皮！粗自粗，汤响就烂了！"老怪道："不好蒸的，安在底下一格。"行者笑道："八戒莫怕，是'雏儿'，不是'把势'。"沙僧道："怎么认得？"行者道："大凡蒸东西，都从上边起。不好蒸的，安在上头一格，多烧把火，圆了气，就好了；若安在底下，一住了气，就烧半年也是不得气上的。他说八戒不好蒸，安在底下，不是雏儿是甚的！"八戒道："哥呵，依你说，就活活的弄杀人了！他打紧见不上气，抬开了，把我翻转过来，再烧起火，弄得我两边俱熟，中间不夹生了？"

正讲时，又见小妖来报："汤滚了。"老怪传令叫抬。众妖一齐上手，将八戒抬在底下一格，沙僧抬在二格。行者估着来抬他，他就脱身道："此灯光前好做手脚！"拔下一根毫毛，吹口仙气，叫声"变！"即变做一个行者，捆了麻绳；将真身出神，跳在半空里，低头看着。那群妖那知真假，见人就抬。把个"假行者"抬在上三格；才将唐僧揪翻倒捆住，抬上第四格。干柴架起，烈火气焰腾腾。大圣在云端里嗟叹道："我那八戒、沙僧，还捱得两滚；我那师父，只消一滚就烂。若不用法救他，顷刻丧矣！"

好行者，在空中捻着诀，念一声"唵蓝净法界，乾元亨利贞"的咒语，拘唤得北海龙王早至。只见那云端里一朵乌云，应声高叫道："北海小龙敖顺叩头。"行者道："请起！请起！无事不敢相烦，今与唐师父到此，被毒魔拿住，上铁笼蒸哩。你去与我护持护持，莫教蒸坏了。"龙王随即将身变作一阵冷风，吹入锅下，盘旋围护，更没火气烧锅，他三人方不损命。

将有三更尽时，只闻得老魔发放道："手下的，我等用计劳形，拿了唐僧四众；又因相送辛苦，四昼夜未曾得睡。今已捆在笼里，料应难脱，汝等用心看守，着十个小妖轮流烧火，让我们退宫，略略安寝。到五更天色将明，必然烂了，可安排下蒜泥盐醋，请我们起来，空心受用。"众妖各各遵命。三个魔头，却各转寝宫而去。

行者在云端里，明明听着这等吩咐，却低下云头，不听见笼里人声。他想着："火气上腾，必然也热，他们怎么不怕，又无言语？——哼喷！莫敢是蒸死了？等我近前再听。"好大圣，踏着云，摇身一变，变作一个黑苍蝇儿，钉在铁笼格外听时，只闻得八戒在里面道："晦气，晦气！不知是闷气蒸，又不知是出气蒸哩。"沙僧道："二哥，怎么叫做'闷气'、'出气'？"八戒道："'闷气蒸'是盖了笼头，'出气蒸'不盖。"三藏在浮上一层应声道："徒弟，不曾盖。"八戒道："造化！今夜还不得死。这是出气蒸了。"行者听得他三人都说话，未曾伤命，便就飞了去，把个铁笼盖，轻轻盖上。三藏慌了道："徒弟！盖上了！"八戒道："罢了！这个是闷气蒸，今夜必是死了！"沙僧与长老嘤嘤的啼哭。八戒道："且不要哭，这一会烧火的换了班了。"沙僧道："你怎么知道？"八戒道："早先抬上来时，正合我意：我有些儿寒湿气的病，要他腾腾。这会子反冷气上来了。——咦！烧火的长官，添上些柴便怎的？要了你的哩！"

按照常情来说，已经落入妖怪手中，被放到了笼屉之上，在这危在旦夕的时候，师徒几人还在讨论蒸东西的技术细节；孙悟空从云端下来，听见猪八戒为是"出气蒸"而不是"闭气蒸"，庆幸可以多活一会儿的时候，似乎是唯恐几个人的胆量还没有被吓破，竟然轻轻把锅盖拿起来，盖在了最上一层。这样的描写，肯定是不符合我们的日常逻辑的。

正因为如此，以往就有不少批评者讨论过《西游记》中很多幽默滑稽的文字，就是没有什么内涵的恶作剧，难免流于轻佻浮华，应当算是一大缺点。

这个看法并不正确。孙悟空对猪八戒的捉弄不符合逻辑，其实也能从"童心""游戏性"来理解。正如林庚先生所说，《西游记》是带有鲜明童话性质的文学作品。作为儿童文学，童话当然就要模拟儿童的心理特征和认知特点，而儿童的一个明显特征就是思维方式的非逻辑性。儿童的心智尚不健全，也尚未经历过真实而严肃的社会生活，他们对于真实社会的逻辑与运行规则并不熟悉，从对世界正确认知的角度来看，这当然是一个问题。但从审美的角度而言，这却未必不是一个积极因素，事实上，儿童的种种天真可爱，正是建立在这种非逻辑性思维的特点之上的。成年人的世界是讲目的、讲效率的，只有儿童的世界，才无往而不在游戏之中。这种没有目的、纯粹为了逗乐搞出的恶作剧，正是游戏精神的最好体现。因为孙悟空的言行并不严格遵从前后一致的现实逻辑，他的行动中就充满了即兴式的发挥，并给我们带来了种种出乎意料的惊喜。

正如吴组缃所说，《西游记》是一部内涵极其丰富的佳作，中国文化的生长性要素，它无不具备。但从另一个方面来说，《西游记》又是一部饱含童真与童趣的童话书。在儿童文学极不发达的中国古代社会，《西游记》是极其少有的一部让孩子们能够乐在其中的文学作品。它是上天借吴承恩之手送给中国孩子们的一份珍贵礼物。

悟空与武松

《西游记》中的孙悟空和《水浒传》中的武松，都有一个共同的称呼，就是"行者"。但二者之间的关联还不仅于此。他们的遭际和遇事的反应，也有惊人的相似之处。

比如，在《西游记》第七十三回中，唐僧师徒来到蜈蚣精所在的黄花观。此前，被孙悟空戏弄过的七个蜘蛛精已经来到黄花观，将与唐僧师徒的过节告知蜈蚣精。蜈蚣精一来想替师妹报仇，二来也要吃唐僧肉，但知道自己的武艺不足以战胜孙悟空等，于是就决定以毒药药杀四人。他拿出十二个红枣，往每个红枣里塞上一点毒药，每人分三颗，放在茶水中端给唐僧师徒；而自己杯中，则是两颗黑枣：

> 行者眼乖，接了茶锺，早已见盘子里那锺茶是两个黑枣儿。他道："先生，我与你穿换一杯。"道士笑道："不瞒长老说。山野中贫道士，茶果一时不备。才然在后面亲自寻果子，只有这十二个红枣，做四盅茶奉敬。小道又不可空陪，所以将两个下色枣儿作一杯奉陪。此乃贫道恭

敬之意也。"行者笑道："说那里话？古人云：'在家不是贫，路上贫杀人。'你是住家儿的，何以言贫！像我们这行脚僧，才是真贫哩。我和你换换。我和你换换。"三藏闻言道："悟空，这仙长实乃爱客之意，你吃了罢，换怎的？"行者无奈，将左手接了，右手盖住，看着他们。

却说那八戒，一则饥，二则渴，原来是食肠大大的，见那盏子里有三个红枣子，拿起来咽的都咽在肚里。师父也吃了。沙僧也吃了。一霎时，只见八戒脸上变色，沙僧满眼流泪，唐僧口中吐沫。他们都坐不住，晕倒在地。

这大圣情知是毒，将茶盏手举起来，望道士劈脸一掼。道士将袍袖隔起，当的一声，把个盏子跌得粉碎。道士怒道："你这和尚，十分村鲁！怎么把我盏子碎了？"行者骂道："你这畜生！你看我那三个人是怎么说！我与你有甚相干，你却将毒药茶药倒我的人？"道士道："你这个村畜生，闯下祸来，你岂不知？"行者道："我们才进你门，方叙了坐次，道及乡贯，又不曾有个高言，那里闯下甚祸？"道士道："你可曾在盘丝洞化斋么？你可曾在濯垢泉洗澡么？"行者道："濯垢泉乃七个女怪。你既说出这话，必定与他苟合，必定也是妖精！不要走！吃我一棒！"好大圣，去耳朵里摸出金箍棒，幌一幌，碗来粗细，望道士劈脸打来。那道士急转身躲过，取一口宝剑来迎。

再看《水浒传》。在《水浒传》第二十七回中，武松和两名押解他的公人来到十字坡张青孙二娘夫妇开的包子铺：

那妇人心里暗喜，便去里面托出一旋浑色酒来。武松看了道："这个正是好生酒，只宜热吃最好。"那妇人道："还是这位客官省得。我盪来你尝看。"妇人自忖道:"这个贼配军正是该死。倒要热吃,这药却是发作得快。那厮当是我手里行货!"盪得热了,把将过来筛做三碗,便道:"客官,试尝这酒。"两个公人那里忍得饥渴,只顾拿起来吃了。武松便道:"大娘子,我从来吃不得寡酒,你再切些肉来与我过口。"张得那妇人转身入去,却把这酒泼在僻暗处,口中虚把舌头来咂道:"好酒!还是这酒冲得人动!"

那妇人那曾去切肉,只虚转一遭,便出来拍手叫道:"倒也,倒也!"那两个公人只见天旋地转,强禁了口,望后扑地便倒。武松也把眼来虚闭紧了,扑地仰倒在凳边。那妇人笑道:"着了!由你奸似鬼,吃了老娘的洗脚水。"便叫:"小二,小三,快出来!"只见里面跳出两个蠢汉来,先把两个公人扛了进去。这妇人后来,桌上提了武松的包裹并公人的缠袋,捏一捏看,约莫里面是些金银。那妇人欢喜道:"今日得这三头行货,倒有好两日馒头卖,又得这若干东西。"把包裹缠袋提了入去,却出来看。这两个汉子扛抬武松,那里扛得动,直挺挺在地下,却似有千百斤重的。那妇人看了,见这两个蠢汉拖扯不动,喝在一边,说道:"你这鸟男女,只会吃饭吃酒,全没些用,直要老娘亲自动手!这个鸟大汉却也会戏弄老娘,这等肥胖,好做黄牛肉卖。那两个瘦蛮子,只好做水牛肉卖。扛进去先开剥这厮。"那妇人一头说,一面先脱去了绿纱衫儿,解下了红绢裙子,赤膊着便来把武松轻轻提将起来。武松就势抱住那妇人,把两只手一拘,拘将拢来,当胸前搂住,却把两只腿望那妇人下半截只一挟,压在妇人身上。那妇人杀猪也似叫将起来。那两个汉子急待向前,被武松大喝一声,惊的呆了。那妇人被按压在地上,只叫道:"好汉饶我!"那里敢挣扎。只见门前一人挑一担柴歇在门首,望见武松按倒那人在地上,那人大踏步跑将进来叫道:"好

汉息怒！且饶恕了，小人自有话说。"

孙悟空、蜈蚣精之间的交手，与武松、孙二娘之间的互动，基本上是如出一辙。蜈蚣精用毒药算计唐僧师徒，和孙二娘用蒙汗药算计武松及几位公人，并无本质的区别，甚至连目的也一样，都是为了吃肉。孙悟空能够逃脱百眼魔君的算计，靠的并不是神通而是细心和机灵，这与武松没有被孙二娘麻翻是因为早就看出这个女人不怀好意，所以把碗中的药酒泼掉，也并无本质的不同。

对于《西游记》何以如此，林庚先生有一个极有见地的判断，那就是唐僧师徒的西行之旅，本来就与好汉们的江湖之路有着密切的关联。换言之，这一段充满危险与变故的漫长行程，是在唐僧西天取经原有的故事梗概之上，根据江湖好汉、行旅客商们往来江湖的生活经历充实和丰富起来的。它就是一部以取经故事为主体的讲史性传奇与江湖历险的混合体。

明乎此，再看《西游记》中那些占山为王、各有领地的妖怪们，就会发现他们的行事做派，本质上和人间那些啸聚山林的草寇并无不同；而孙悟空和那些妖怪的你来我往、斗智斗勇，也正像是英雄好汉闯荡江湖所经历的种种风波。这也说明，哪怕是上天入地的非现实主义作品，其想象力的源泉，依然离不开脚下的现实生活。

西行路上的女妖

在《西游记》中，师徒四人一路西行，遇到了众多的女妖。她们各有特色，各具风姿，构成了西行路上极具诱惑力的一道独特风景。

比如盘丝洞的七个蜘蛛精。在她们的身上，主要体现的是青春少女的魅力。她们天真活泼，甚至有一点顽皮与孩子气，这一点突出体现在她们捆绑唐僧时那种近乎恶作剧的方式。换作成年妖精，要么把唐僧捆在柱子上，要么将其双手向上吊起来，要么将其捆成一团粽子，但这七个女孩子却把唐僧一只手向前，牵丝吊起；一只手拦腰捆住，将绳吊起；两只脚向后，一条绳吊起；三条绳把唐僧吊在梁上，却是脊背向上，肚皮朝下。这说明七个女孩子在做事的时候，并不是本着成年人那种"实用"与"经济"的原则，而是有着很强的游戏的性质；游戏性，正是孩子做事的基本特点之一。在作品中，七个蜘蛛精似乎并未刻意勾引唐僧，但她们在有意无意间所展示出来的那种女性魅惑与青春活力，却让唐僧表现得颇有些失态。

再如杏仙。她容貌美丽，气质风雅，出口成章，堪称秀外慧中。在她的身上，展现的是"女文青"的才华风韵。在中国的历史上，我们可以开列出一长串"女文青"的名单：在汉代为卓文君，在唐代为薛校书，在宋代为李之仪，在元代为管道升，在明代为柳如是，在清代为顾太清。她们的精神世界丰富，和她们在一起的时光会较为浪漫和富有情趣；她们更多地关注诗意和远方，更加注重对方的才华和性情，所以就特别能引起知识男性惺惺相惜的灵魂认同。

又如蝎子精，可以说是西行路上的"野蛮女友"。她长相貌美，"美若西施还袅娜"；态度热情，"活泼泼春意无边"；作风大胆，"女怪解衣，卖弄他肌香肤腻"；性格彪悍，称呼自己为"老娘"，当着女儿国满朝文武和唐僧师徒的面就对唐僧大喝一声："唐御弟，那里走？我和你耍风月儿去来。"她虽然不是唐僧的菜，但有一种别样的魅力，却是无可置疑的。

其他如陷空山无底洞的金鼻白毛老鼠精，她代表着善于居家过日子的温柔贤惠型女子对男性的吸引力；玉兔精，则表现出金枝玉叶的娇媚任性。在《西游记》中的女妖，基本上会聚了所有令男性心动的女性类型。不管你是谁，基本上总有一款让你心动。

为什么作者会在西行路上安排这么多美丽的女妖？

第一，当然是主旨攸关。

在佛家看来，这世界充满痛苦，而痛苦的根源之一，就在于人的欲望太多；在这些欲望中，最难摆脱的，大概又首推男女间的爱欲。正因为如此，在佛教经典，以及佛教文学中，就经常出现各种色欲考验的故事，希望以此来警醒世人。作为与佛教有着甚深渊源的文学作品，《西游记》让唐僧屡屡面对女色的考验，这是一件再自然不过的事情了。

作为中国的和尚，"戒色"还有着独特的中国意味。在中国的文化系统中，一个人要想得到人们的普遍尊重，是有一个硬标准的，那就是"内圣外王"。毫不夸张地说，古往今来，凡是被中国人所崇仰的理想人物或文学角色，大到周文王、孔孟，小到武松、鲁智深，莫不如此。唐僧也是如此。作为取经人，肉身凡胎就能不畏艰难险阻取回真经，这是他的"外王"；而克制住自己的欲望，战胜来自美色的诱惑，则是他的"内圣"。作为取经队伍的领袖，要让唐僧"圣僧"的形象立得住，就必须把这两方面都写到。女性的美貌与其对男性的诱惑成正比，所以要显出唐僧的意志坚定，女妖就必须貌美如花。

第二，符合剧情需要。

在《西游记》第八十回中，金鼻白毛老鼠精曾透露过一个关键讯息："那唐僧乃童身修行，一点元阳未泄，正欲拿他去配合，成太乙金仙。"

此话大有玄机。在中国的神仙谱系中，神仙按照修行路径分为"大罗仙"和"太乙仙"；又按照是否身在仙籍而分为"金仙"和"散仙"。所谓"太乙金仙"，是指按旁支修行而成从而身在仙籍的神仙，虽然比不上正宗道门出身的"大罗金仙"，但毕竟是"金仙"。套用现代的话语，就是这个"金仙"是有编制的，只要名登仙籍，天上每年开蟠桃会时，就有机会得到王母瑶池的蟠桃，帮助自己度过每五百年就会到来的一次劫难。

对于女妖来说，唐僧是这个世界最为稀缺的资源，没有"之一"。正因为如此，当唐僧来到面前时，她们就会施展全部魅力，为得到唐僧而竭尽全力。这种设定，与吃唐僧肉能延年益寿一样，是构成《西游记》情节进展的最大推动力之一。

综上所述，美貌女妖对唐僧的疯狂追求，既是主旨需要，又是剧情要求。那么，要实现这些重要诉求，就需要写出不同气质、不同类型的女性对唐僧的诱惑。

面对西行路上的那些女妖，唐僧是否曾经有动于心？这是历来的读者都很感兴趣的问题。笔者的回答是：肯定动心过。比如，在面对蜘蛛精幻化的那四个青春活泼的女孩子的时候，唐僧就曾怦然心动，有着片刻的难以自持。按照书中所写：

> 见那庄前有座石桥，住场却也幽雅。原来那人家没个男儿，只见茅屋之中，蓬窗之下，有四个女子，在那里描鸾绣凤。长老不敢前进，将身闪在树林边，看那些女子，一个个：
>
> 闲心坚似石，兰性喜逢春。
>
> 杏脸红霞衬，樱唇绛雪匀。
>
> 蛾眉横月小，蝉鬓迭云新。
>
> 若到花间立，游蜂错认真。

特别要注意的是：这些女孩子的相貌，是从唐僧眼中看出的，而且这一看就是半个时辰（也就是现在的一个小时）。在呆呆地看过这四个女孩子一个小时后，唐僧才突然醒悟过来，自己是前来化斋的："我若没本事化顿斋饭，也惹那徒弟笑我。"一时没主意，也带了几分不是，趋步过桥。又走了几步，只见那茅屋里面，有一座木香亭子，亭子下又有三个美貌女子在那里踢气球。三藏看得久了，只得高叫一声："女菩萨，贫僧这里随缘布施些儿斋吃。"那些女子听见，一个个喜喜欢欢，抛了针线，撇了气球，都笑吟吟的接出门来，道："长老，失迎了。今到荒庄，决不敢拦路斋僧，请里面坐。"

从书中的笔墨来看，说唐僧没有片刻动心，怕是谁也难以相信。其实不仅仅是蜘蛛精。书中写到唐僧听到女妖或女人提亲时，或者"好便似雷惊的孩子，雨淋的虾蟆；只是呆呆挣挣，翻白眼儿打仰"，或者"耳红面赤，羞答答地不肯抬头"，总是显得有些紧张与失态，而这种表现，用鲁迅的话来说就是："浊浪在拍岸，站在山冈上者和飞沫不相干，弄潮儿则于涛头且不在意，惟有衣履尚整，徘徊海滨的人，一溅水花，便觉得有所沾湿，狼狈起来。"(《鲁迅全集》第四卷）正是其内心波澜的体现。

第三，关于女妖的命运。

女妖命运各异，究其原因是出身不同。在《西游记》中，有一个众所周知的潜规则，就是那些有着上界背景的"家妖"，一定会在命悬一线之际被上界的主人救去；而与上界无亲无故的"野妖"，则大概率会死于孙悟空师兄弟的手中。而《西游记》中的女妖，属于野妖的比率正好比男妖要多一些。

更深层的原因，则是出于文化的隐喻。

刚才说到出身，但出身显然并不能全然解释女妖的命运。事实上，不少男性野妖还是活了下来，而女性野妖则死得无一例外。最能说明"同妖不同命"的是七个蜘蛛精和她们的道兄蜈蚣精。论出身，他们都是毒虫成精；论命运，他们却有着天渊之别——蜈蚣精被毗蓝婆菩萨收去看守门户，用现在的话来说，就是去做了"另类宠物"；而蜘蛛精则是被孙悟空一顿棒子打死，成为七个血肉模糊的肉布袋。

为什么男性野妖可活，而这些女妖却一定要死？

在这个问题上，猪八戒对蜘蛛精的一番言语行动，透露出关键信息。在《西游记》第七十二回中，猪八戒拎着钉耙，来到几个妖精洗澡的濯垢泉边，在七个蜘蛛精一片羞恼的骂声中脱下了自己的衣服，跳到泉水之中。几个女妖一起围过来抓他，他又变作一条大鲇鱼，把那几个女妖都盘倒在水中，这才跳上岸来，穿起衣服，拿起钉耙，要把那几个女妖打死。当几个蜘蛛精希望猪八戒能饶她们一命时，猪八戒说："莫说这话！俗话说得好：'曾着卖糖君子哄，到今不信口甜人。'是便筑一耙，各人走路！"为什么猪八戒会有这样的表现？当然是因为猪八戒一生吃女人的亏太多了。本来是高贵的天蓬元帅，却因为调戏嫦娥被贬下天庭，且落了一副野猪的嘴脸。取经队伍刚刚组建的时候，他还因此受到观世音菩萨的惩戒，成为大家的笑柄。这样的经历累积起来，就构成了猪八戒对女人爱恨交织的扭曲心态，而先调戏再打杀，正是这种扭曲心态最为明显的表现。

正如猪八戒所感受到的，女人的美，常有一种勾魂夺魄的魅力。在科学昌明、男女平等的时代，我们自然明白这是基因的力量，即便因此而犯下种种错误，我们也会责备是因为男性的意志薄弱而并不苛责女人。但在科学尚未昌明、女性被物化的时代，人们往往将女性的这种力量神秘化、妖魔化，将男性因意志薄弱而造成的问题，推诿于女性的诱惑，就像猪八戒对蜘蛛精所说的那样。而在女性处于弱势地位、被物化的时代，断绝这种诱惑，最简单的方法就是将女色斩草除根。在这个意义上，这些女妖的命运，正是现实生活中女性命运的隐喻。

为了宣讲佛家观念，这些女妖不但得死，而且死状必须极其难看。

前文已经说到，如何面对女性的诱惑，是修佛者要面对的一个重大问题。佛家对此问题的撒手锏，就是所谓的"不净观想"，以及"无常观想"。用最简洁的话来表述，所谓"不净观想"，就是想象哪怕最有魅力的肉身，也不过是由血、肉、内脏、排泄物等种种污秽之物构成的；所谓"无常观想"，就是哪怕最美丽的人，也逃不过岁月的流转，衰老死亡、腐烂变质，最终成为一堆白骨。作为带有浓厚佛家烙印的《西游记》，自然会受到这些思想的影响，而美丽的女妖，则是体现这一观念的最好载体。所以，我们在"三打白骨精"中就会看到，刚才还"冰肌藏玉骨，衫领露酥胸。柳眉积翠黛，杏眼闪银星"的妙龄女子，在被孙悟空打死后会化作一具粉骷髅。"美若西施还袅娜"的蝎子精在猪八戒的一顿钉耙下，变成一团烂酱。"娇脸红霞衬，朱唇绛雪匀。蛾眉横月小，蝉鬓迭云新"的蜘蛛精，也在孙悟空的棒下变成脓血淋淋的"七个剿（chán）肉布袋儿"。

一言以蔽之，正如天才女作家萧红所说："女性的天空是低的，羽翼是稀薄的，而身边的累赘又是笨重的。"作为"祸水""妖孽""尤物"的象征性体现，作为"色戒"思想的承载者，这些女妖，也就只能是这样的结局。

大闹天宫

"大闹天宫"是个系列事件，如果进一步区分的话，孙悟空实际上是闹了三次天宫：第一次是因为搞清楚了"弼马温"的级别而恼羞成怒，挥舞着金箍棒一路打出南天门，又打败了被派去镇压他的托塔天王，结果是被天庭再次招安，做了齐天大圣；第二次是因为偷吃了仙桃、太上老君的金丹，扰乱了蟠桃盛会，结果是太上老君助力二郎神擒住孙悟空，将其投进八卦炉中；第三次是孙悟空从八卦炉中逃出，本领反较从前更加高强，满天的神仙面对这只疯狂的猴子都无可奈何，只好请来如来佛祖。如来佛祖将孙悟空推出天门，镇压在五行山下。

"大闹天宫"之所以引人入胜，首先源于其扣人心弦、曲折离奇的故事。作者驰骋其惊人的想象，常能在山穷水尽之处翻空出奇，令人叹为观止、拍案叫绝。以这次事件的高潮也就是孙悟空与二郎神的战斗为例。这是孙悟空出世以来最为惊心动魄，也是整部《西游记》中最为精彩的几场战斗之一。战斗可分为三个阶段。

第一个阶段是武艺的比拼，结果是二人平分秋色，打了三百多个回合，

还是不分胜负。

第二个阶段是由战斗升级到斗法阶段。二郎神摇身一变，变成法天象地的规模，身高万丈，拿着三尖两刃刀，恶狠狠地向孙悟空砍来。这当然吓不住孙悟空，因为这个本领孙悟空也会。他也摇身一变，变得和二郎神一般高低，手拿金箍棒和二郎神继续苦斗。

第三个阶段是由战斗升级到最为精彩的赌斗变化阶段。随着战斗的进行，花果山群猴被二郎神手下的那些兄弟杀得丢盔弃甲，溃不成军。孙悟空看到手下群猴战败，自己也觉得心惊，赶忙收了法相，变成麻雀，落在树梢上，准备得空儿逃走。但这个变化，瞒得过他人，却瞒不过二郎神。因为二郎神比一般的人或神仙要多一只眼，就是那只凤目，是专门用来识破变化的。所以无论孙悟空变成什么，二郎神总是能发现孙悟空的破绽。二郎神见孙悟空变成麻雀，于是自己立刻就变成一只老鹰来啄食麻雀。随后，二郎神变老鹰，孙悟空就变鸬鹚；孙悟空变鸬鹚，二郎神就变海鹤；二郎神变海鹤，孙悟空就变小鱼；孙悟空变小鱼，二郎神就变鱼鹰；二郎神变鱼鹰，孙悟空就变水蛇；孙悟空变水蛇，二郎神就变灰鹤。孙悟空看二郎神似乎对变鸟有着特别的爱好，于是心生一计，变作一只花鸨，停在岸边，心想我这回看你怎么办。孙悟空变来变去都被二郎神追着跑，怎么这次变作个花鸨就这么胆大了呢？原来，根据古人的传说，花鸨是世界上最下贱的鸟，它有雌无雄，不管什么鸟——上到凤凰，下至麻雀——它都会与之交配，这也就是人们把妓院的女老板叫作"老鸨"的来历了。孙悟空变作这只贱鸟，大概是有点恶作剧的意思。二郎神一看孙悟空变得这么下贱，果然不敢变鸟了，回复了原形，一弹弓就把花鸨打了个跟头。

一般来说，写战斗场面，无非就是刀光剑影、你斗我打而已。能在比试武力的基础上再翻出一个层次，也就是变法，让人们在这种法天象地、地动山摇中感到目眩神摇，这已经是普通作者想象力的巅峰了。但作者的才力还远未到达边界。作者在此基础上又翻出一个层次也就是赌斗变化，这就使人们的想象力被再次唤醒。并且这次赌斗的引人入胜之点与刚才截然不同，刚才是宏大至极，但这次作者又将人们的注意力引向了极其细微之处——就是孙悟空变化的破绽，使故事情节变得极富张力。更有趣的是，孙悟空与二郎神的斗法看似是兴之所至，令人眼花缭乱，但这其中也还是有内在逻辑的，那就是孙悟空无论怎么变，着眼点总不离逃命，也点明了孙悟空此时的被动态势，所以我们的心其实一直是被揪紧着的。然而，正当我们担心孙悟空不能逃脱时，孙悟空忽然又不跑了。那么，他是要背水一战吗？非也，仅因为他忽然想到一个恶作剧，想戏弄一下二郎神，于是就变作一只花鸨，等着变作灰鹤的二郎神，而二郎神还真就不敢向变作花鸨的孙悟空靠拢。以这种方式来结束这一场赌斗变化，绝对出乎任何人的想象。人们积蓄起来的好奇心和紧张感，忽然以一种完全出乎意料的方式被释放出来，于是喜剧感也就不出意外地到来了。

　　但"大闹天宫"的意义，绝不仅仅在于给我们提供了一个有趣的故事，它还凸显了人物的性格，使得事件与人物做到了完美的结合。我们都知道，《西游记》塑造典型形象的方式是所谓"三结合"，也就是神性、动物性、人性的统一。以孙悟空与如来的斗法为例，孙悟空不知道自己面前的如来到底厉害到什么程度，竟然不知天高地厚地要与如来比试。如来和他打了个赌赛，就是看他是否能够翻出自己的手掌心。孙悟空自以为得计，于是如同风车般向前翻个不停，一路云光地走了。当孙悟空一路云光，来到几个肉红柱子前，以为来到了天尽头时，便停住了。为了表明自己确实翻出了如来的手掌心，孙悟空还拔了根毫毛，变作一支毛笔，在一根柱子下写下了堪称遗臭万年的七个大字："孙悟空到此一游"。自此后，这几个字就在中国的各个名

胜古迹到处开花。想要取玉皇大帝而代之，斗胆敢与如来对阵，体现出人性的狂妄与贪婪，但这种狂妄又分明体现着猴子作为动物的野性与顽劣，所以如来才骂他是"初世为人的畜生"。他一个筋斗云十万八千里，这当然是了不起的神通，但这个神通，又分明烙印着猴子的印记，你就不可能想象猪八戒那肥胖的身躯会以这种方式前进。总之，所有这些行动的背后，都烙印着"孙悟空"这个"妖猴"的独特印记，是具有高度个性化的。整个事件由人物独特的个性特征而得到推进，人物在一系列事件中得到凸显，写人与叙事妙合无间，相辅相成，达到了完美的契合。

仅仅把故事写得曲折动人，在故事中刻画了独特的人物形象，就已经堪称完美了。但"大闹天宫"的价值还不止于此，它还具有情节的价值。

一般人经常将"故事"与"情节"并举，但这二者其实是不同的。故事一般指的是单独发生的事件，而情节则是事件的组合。正是靠着这种组合，一系列的事件才能形成一个完整的链条，成为一个有机的整体，表现出一种逻辑的力量。把一个故事写好，固然很不容易，需要靠一鼓作气甚至灵光乍现才可以完成。但要将故事成功纳入情节的组合之中，需要的就不仅仅是每一次单独的发力，而是需要强大的组合能力与技巧，这才能形成一个完美的构造。

以这种眼光来看"大闹天宫"，则其中的很多笔墨就具有了讲故事之外的其他价值。例如，作者写孙悟空在官拜齐天大圣之后，每天闲来无事，到处与其他神仙交往，其实也正是孙悟空拓展人脉的过程，有了这个环节，此后的孙悟空才可能在遇到自己解决不了的问题的时候，几乎是随时一个筋斗翻上天宫，寻求来自天界的帮助。又如，孙悟空被太上老君投入八卦炉中，躲在巽位也就是风位处藏身，有风则无火，所以七七四十九天之后，太上老君打开八卦炉，看到孙悟空没有死去，而是一脚踢翻八卦炉，从中逃了出来，在八卦炉倒下的时候，几块带火的砖头从天界飞落下来，形成了火焰山并横亘在日后的取经之路上，这就为后来"三调芭蕉扇"的故事埋下了伏笔。按照传统的文论术语，这就叫作"隔年下种"。然而，最大的伏笔还是如来埋下的。如来收服孙悟空的方式是用手掌将孙悟空推出天界，手掌化作绵山，将其轻轻镇压在山下，以六字真言封印了孙悟空的法力，还派了五方揭谛善加看管。如来的行为，可以理解是为了镇压孙悟空，但其实也未尝没有向天庭说明孙悟空已在自己力量的笼罩之下，未得自己允许任何人不得染指的意思，因而也完全可以看作是一种变相的保护。如来临走时所说的一句，等孙悟空将来灾满的时候，自有人来救他，更是已经向孙悟空允诺了一个有希望的未来，成为孙悟空由前生命阶段过渡到后生命阶段，也就是取经阶段的契机。

不仅如此，我们还能从"大闹天宫"中，读出很多社会文化乃至人生哲理的意蕴。

《西游记》中的天庭，是以人间的朝廷为模型的。所以，我们从作者对孙悟空天庭遭际的描写，也可以读出当时的一些社会政治信息。对于这个问题，萨孟武先生在《〈西游记〉与中国古代政治》一书中，有很多精彩论述。以孙悟空进入天庭的契机，以及第一次闹了天宫，反倒从弼马温被直接提升为齐天大圣为例，这当然是《西游记》的神话笔墨，也是以社会现实为基础的。实际上，在封建王朝的政治实践中，像孙悟空这样由对抗而进入朝廷的，是一种很常见的情况。封建社会乃是严格的等级社会，平民百姓在经济上被剥削，在政治上被压迫，在人格上被践踏，实在是卑微到了极点。有这样一些人，他们不甘心庸碌度此一生，而又苦于上进无门，就往往会以一种特立独行乃至与朝廷对抗的姿态出现。他们之所以如此，并非为了推翻朝廷，而是求得自我价值的实现罢了，当朝廷向他们伸出橄榄枝时，他们就欣然接受。过去有一句俗话，叫作"想做官，杀人放火受招安"，就是对这种社会现象的一个很好的总结。在《水浒传》里，宋江等人走的实际上就是这条路。宋江虽然在这条路上走得并不成功，到头来还是死于一杯毒酒，但并不是说这条路上就没有成功的人。例如，高俅派去剿灭宋江的十个节度使王焕、徐京等人，都是绿林出身。又如孙悟空的本领，在满天的神仙中绝对是出乎其类，拔乎其萃的，但玉皇大帝却只给他安排了一个小小的弼马温，这又如何能让孙悟空心甘情愿。用人最重要的原则之一，就是要做到因材器使，如果大材小用，让人才感到不平与压抑，那结果还不如不用。通过这些描写，可以看出作者对封建时代特别是明代朝廷现实政治问题的思考。

书中尤其深刻的还在于其超越时代的人生哲理意味。如果认真阅读"大闹天宫"这一段，我们就会发现，作者其实是相当完整地描写了孙悟空的欲望逐渐膨胀的过程。孙悟空并不是一开始就想大闹天宫的。作品中孙悟空初次来到凌霄宝殿的时候，曾有一段很长的韵文，写尽了孙悟空眼中凌霄宝殿的气派与威严，天兵天将的威武与雄壮。这就说明，孙悟空刚刚上天的时候，对于整个天庭体系还是有一种敬畏的。此后，他虽然因为不满于玉皇大帝给他一个弼马温的小官而走下天界，但那性质也不过是撂挑子不干，根本谈不上有什么造反的意味。

让孙悟空对天界的看法有所改变的是托塔天王与哪吒的失败。托塔天王和哪吒都是天庭上名声很大的神将，但后来都败在了自己的手下。孙悟空开始觉得，天界的实力，其实也不过如此，特别是做了齐天大圣以后，孙悟空和天界的成员有了较为广泛的交游，自以为对天界的实力有了清楚的认识，他的自信就进一步增强了。但此时的孙悟空，对自己也只是自信满满，野心还谈不上。孙悟空在偷吃了为蟠桃会准备的美酒佳肴和太上老君的仙丹之后，首先想到的还是要逃避责任，怕玉皇大帝知道了会让自己的性命不保，可见此时，他对玉皇大帝还是很敬畏的。

真正让孙悟空产生野心的，是在第二次天兵对花果山的围剿之后。他发现，就算是倾尽全力，玉皇大帝也似乎对自己无计可施；即使把他捉住了，靠着一身滚刀肉，玉皇大帝仍然拿他无可奈何。刀劈斧剁怎样？雷打火烧怎样？八卦炉的锻炼又怎样？还不是安然无恙。到这个时候，孙悟空蓦然发现，满天的神仙居然没有一个是自己的真正对手。既然如此，自己还当什么齐天大圣，就当个玉皇大帝，又有什么不可以？就在他的野心膨胀到极点，准备取玉皇大帝而代之的时候，如来出手了。一记如来神掌，结束了孙悟空的美梦。当我们摆脱单纯看故事的心态，认真细读作品的时候，就会发现，作者其实是一步步地写出了孙悟空野心生长和自我膨胀的过程。而孙悟空是所谓"心猿"，象征的正是我们人类那颗跳动的、不安分的心灵。作者写的是孙悟空的野心从生长到膨胀再到推车撞壁头破血流的过程，而从中传达给我们一个人生的哲理，那就是无休止地追求自我利益来满足自己的欲望，终究会以失败而告终。

明代思想家李贽在其《李卓吾批评本〈西游记〉》（一说为叶昼托名）中，说它是"游戏之中，暗传密谛"。"大闹天宫"作为《西游记》中的经典故事，堪称完美地印证了这个断语。作为故事，它扣人心弦；作为文章，它叙次井然；作为社会书，它蕴含丰富；作为人生书，它启人智慧。它是中国人想象力的巅峰之作，也是中华民族贡献给人类文化的无上瑰宝。

红马与白马

在《西游记》中，唐僧离开长安时骑的是一匹御赐的白马。这匹白马在鹰愁涧被小白龙吞下，随后小白龙在观世音菩萨的点化下变成与原马毛色相同的龙马，载着唐僧，跋涉千山万水，最终得见如来，取回真经。

那么，历史上的玄奘法师，骑的果真是一匹白马吗？

回答是否定的。历史上玄奘法师的脚力并不是一匹白马，而是一匹红色的老马。根据《大唐大慈恩寺三藏法师传》的记载，玄奘法师曾经收服过一个胡人徒弟石槃陀，石槃陀本来是说要陪玄奘法师一路西行的，但马上要穿越大漠的时候，他又改变了主意，因为这太危险了。不过，在临走之前，他还是为玄奘法师做了一件好事。他和一个老胡人牵着一匹很瘦的老红马来见唐僧，那老胡人说，您的马太年轻，不能走远路。我这匹马脚力强劲，并且穿越大漠已经十五次，认得道路，您如果一定要西行，可以骑我这匹老马。玄奘法师看着这匹马的样子，想起了临行前找术士何弘达算命的事情。何弘达是当时一个有名的算命高手，据说非常灵验。玄奘法师临行前找他占卜西行的吉凶，何弘达说应该没问题，从推算的结果来看，您好像是骑着一匹红色的老马，老马的鞍桥前有一块铁物。玄奘法师于是仔细观察这匹老红马，鞍桥前果然有一块铁物，和何弘达说的都符合，于是就和老胡人换了这匹老红马。这匹老红马后来果然在关键时刻救了唐僧的性命，带着玄奘法师平安穿过大漠。

那么，现实中的老红马为什么在小说中变成了白马呢？原因就在于白马所具有的深厚文化意味，不是其他颜色的马能够比拟的。比如，古人祭祀或盟誓，往往选用乌牛白马，白马象征苍天，乌牛象征大地，以此表示对天地的敬畏和对诺言的重视。这种习俗似乎是来自游牧民族，但随着民族之间的文化交流，其对汉族的文化心理也产生了很大影响。又如，在《三国演义》里写刘关张结义，就有"备下乌牛白马祭礼等项，三人焚香再拜而说誓"的描写。很多和马有关的典故，都将马的颜色定在了白色上，如青丝白马、丹书白马、白驹过隙、白驹空谷，而罕有其他颜色。

然而，最主要的原因，还在于佛教从一开始进入中国，就和白马结下了不解之缘。佛教正式传入中国，源于汉明帝的一个异梦。汉明帝刘庄在永平七年（公元64年）于夜晚梦见一位神人，高一丈六尺，全身金色，项有日光，在殿前飞绕而行。第二天，他会集群臣，问："这是什么神？"当时学识渊博的大臣傅毅回答道："听说西方有号称'佛'的得道者，能飞行于虚空，神通广大，陛下所梦见的想必就是佛。"第二年，汉明帝派遣蔡愔、博士弟子秦景等十人远赴西域求法。使团到达大月氏国后，抄得佛经若干章，并于永平十年（公元67年），在此地遇见高僧迦摄摩腾、竺法兰，使团邀请二师来汉地传播佛教。二师接受邀请，并用白马驮着佛像和若干经卷，随蔡愔一行来到洛阳。汉明帝对他们的到来表示欢迎，并于永平十一年（公元68年），专门为之建立佛寺，命名"白马寺"。白马寺是我国汉地最早的佛寺，取回的佛经则收藏于皇室图书档案馆"兰台石室"中。这就是"白马驮经"的故事。

　　正因为白马在中国文化中有着如此殊胜的地位，所以唐僧的马也就只能变色，从红转白了。

作者：丘处机与吴承恩

《西游记》的作者问题，至今扑朔迷离。

明代刊本的《西游记》，都只题"华阳洞天主人校"，没有记载作者。清代的"证道书"本则假托元代诗人虞集写了一篇序文，序文中说《西游记》是"此国初丘长春真君所纂"。这个"丘长春真君"就是丘处机。由于"证道书"本的广泛影响，于是在很长一段时间里，丘处机就成了人们普遍认可的《西游记》作者了。直到今天，由于清人的影响，还有许多人仍然认定丘处机才是《西游记》的真正作者。

实际上，丘处机不可能是《西游记》的作者。早在清代，纪晓岚就根据《西游记》里出现的大量明代才有的官制、名物证明，《西游记》只能产生在明代中期以后。那么，丘处机和《西游记》是怎么扯上关联的呢？

这个机缘，就是丘处机的一次真实的西行游历。西行的原因，就是成吉思汗的殷切召见。

丘处机被成吉思汗召见的机缘，源于铁木真在西征前与身边人的一次谈话。

西征之前，铁木真年轻的妻子也遂夫人问了一句："在征战中万一您有什么不测的话，几个儿子中谁来接替您主事？"

也遂夫人的提问，使得铁木真开始认真地思考关于死亡的问题。当时最有名的道士就是丘处机了，在一些人眼中，他有"神仙"之能。出于对长生的渴望，也出于团结以丘处机为代表的北方道派的考虑，在西征途中，成吉思汗就派近臣带着他的诏书前去邀请丘处机。丘处机这个时候已经七十多岁了，本已不再适合艰险的长途跋涉，但他凭着一个伟大的宗教领袖的敏感，预见蒙古必将兴盛，而自己的教派只有得到蒙古统治者的支持，才有可能进一步得到发扬光大。为了道教的发展，也为了劝说成吉思汗停止过分的掠杀而有利于天下苍生，丘处机接受了成吉思汗的邀请。但成吉思汗带兵打仗，转战四方，往往丘处机赶到一处，成吉思汗已经拔寨离开，所以要想见到成吉思汗就成为一件很困难的事情。于是，丘处机带着弟子尹志平、李志常等十八人从山东北上，历时四年多，行经数十国，路途上万里，最后才"追见"成吉思汗于今天的阿富汗境内。这次见面，应当说是非常成功的。尽管成吉思汗因没有得到梦想中的不老丹药而有些失望，对于丘处机所讲的那些道理，比如清静无为、修炼内丹等，成吉思汗也基本上弄不明白，就算弄明白了也不会身体力行；但成吉思汗依旧很认真或者至少是"作认真状"地聆听丘处机宣讲他的一些主张，并命令左右把丘处机的话记录下来。从阿富汗回来之后，丘处机的门人李志常即根据这次西行的游历写成了《长春真人西游记》。这部《长春真人西游记》白纸黑字，就保存在《道藏》中，和文学作品《西游记》并不是一回事。并且我们可以肯定的是，现在通行的《西游记》版本绝对不是丘处机写的，因为里面所透露出的一些信息，比如锦衣卫等，都是明代才有的事情，其最后的写定者，必定是明代人无疑。

丘处机写作《西游记》，虽然是疑窦丛生的一个说法，但影响巨大。这个影响主要表现在以下两个方面。

一方面，从客观上讲，它极大地提升了《西游记》的关注度，为《西游记》的传播推波助澜，壮大了声势。原因很简单，在古代的中国，通俗小说的地位非常低下，人们对这类作品通常非常轻视。如果这部作品出自一个潦倒一生的底层文人之手，那么人们也就很容易对其等闲视之。但如果这部作品出自一个名人之手，特别是出自丘处机这样一个著名的宗教领袖之手，那么人们自然也会对其高看一眼。

另一方面，是对作品主题的认定所产生的影响。作者是谁，对于认定作品的主题，绝对不是无关紧要的。胡适为什么认定《西游记》只是一部游戏之作，对历史上种种努力挖掘《西游记》中"微言大义"的做法不屑一顾？一个重要的前提就是，他认定吴承恩就是小说《西游记》的作者。一个名不见经传的底层文人，怎么会赋予笔下的作品那么多玄妙的含义呢？而清代人之所以赋予《西游记》那么多微言大义，一个重要的原因是他们认定丘处机才是《西游记》的作者。假如有如山的铁证证明《西游记》的原创者是丘处机，胡适还会说作者创作《西游记》是出于游戏，没什么寄托吗？这是绝对不会的，因为你能相信一个日理万机的宗教领袖，会因为"好玩儿"而写下一部毫无寄托的游戏之作吗？

今天国内出版的各个版本的《西游记》，作者署名都是"吴承恩"。

吴承恩（1500—1582年），字汝忠，号射阳居士，江苏淮安人。根据《淮安府志》的记载，他的主要特点有两个。

一个是聪明早慧。他很小的时候就在当地的读书人中崭露头角，十几岁时就中了秀才。不过由于他最感兴趣的是志怪小说，这多少影响了他在举业上付出的精力，所以这个秀才的功名也就和他伴随到老，他一直没有在科举的道路上再前进一步。

另一个是性情潇洒，幽默诙谐，颇有点玩世不恭的意味。《古今图书集成》中有一则传闻，根据吴承恩研究大家苏兴先生的推测，其主角很可能就是吴承恩。这个故事说，吴承恩有一个好朋友，名字叫沈坤。沈坤对关公崇拜到了无以复加的程度。这一年，沈坤和吴承恩一起参加举人考试。沈坤家里有关公的塑像。在考试之前，沈坤到关公像前虔诚礼拜，恳请关公能告诉他考试的题目。他正在神像前嘟嘟囔囔的时候，吴承恩来了。看到沈坤这副虔诚的样子，吴承恩觉得十分好笑，他那喜欢恶作剧的天性就又发作了。当天晚上，吴承恩自己模拟了几个题目，第二天来沈坤家串门时，他悄悄把题目放到关公像前的香炉底下。后来沈坤又来拜关公，看到香炉底下压着的试题，大喜过望，认真揣摩，结果到了考试的时候，几个题目竟然一个不差。不用说，沈坤答得十分顺利，当年就高高地中举了。而吴承恩呢？他只是开个玩笑，自己并没有按照这几个题目认真准备，结果考得一塌糊涂。这个故事当然只是个传闻，但却非常传神地勾勒出了青年吴承恩的性格特点。沈坤是吴承恩一生最好的朋友之一，他后来以状元及第，还和吴承恩结成了儿女亲家，不知道和吴承恩帮助他顺利通过了举人考试有没有关系。吴承恩的寿命很长，活到八十多岁，不过越到晚年，境况越凄凉，他也写了不少东西，但因为家贫，无法刻印，多数后来都散逸了。

把著作权归于吴承恩，是非常晚近的事情。最早提出《西游记》的作者为吴承恩的是清代淮安学者吴玉搢，最直接的材料就是《淮安府志·艺文志》中的"吴承恩《射阳集》四册（缺）卷《春秋列传序》《西游记》"这一句话。后来，胡适和鲁迅都采用了这种说法。于是，吴承恩是《西游记》的作者成为定论。当然，质疑之声也所在多有，认为仅凭着《淮安府志·艺文志》一句"吴承恩作《西游记》"的孤证，并且在连《西游记》的体裁也没有说明的情况下，就认定他是《西游记》的作者，还是有很大推敲余地的。

关于《西游记》的作者，直到现在，学术界还是没有达成一致的界定。看来，在如山的铁证呈现出来之前，这个问题还要继续被讨论下去——毕竟，这样一部家喻户晓、妇孺皆知，足以代表中国文学最高成就之一的作品，连作者都还没有搞清楚，总是一件让人感到很纠结的事情。

悟空本领的前后差距

孙悟空的战斗力，一直是人们争论不休的话题。孙悟空在扰乱蟠桃会、大闹天宫之际，给人的感觉是十万天兵天将都拿他没有办法，第一次是请来了灌江口的小圣二郎神才勉强将他拿住，第二次则觉得二郎神恐怕都未必是他的对手，直接请来了如来佛祖，才成功地将孙悟空镇压在五行山下。但是到了后来，在护送唐僧取经的路上，孙悟空就显得窝囊了很多。天上随便一个神魔下凡，就能和孙悟空打得难解难分；妖怪随便拿出一个法宝，就能把孙悟空折腾得找不着北，要不是观世音菩萨频频出手相救，护送唐僧到西天取经的任务，孙悟空绝对是完成不了的。

为什么同一个孙悟空，前后的本领相差如此之大？答案是五花八门的。

有人说，孙悟空被镇压在五行山下，五百年不曾练功，所以本领生疏了。

也有人说，当年那些妖怪在上界之时并未竭尽全力，如今各自为战，自然以死相拼，所以孙悟空就显得弱小了。

又有人说，孙悟空之所以在后来显得不如当年厉害，是因为前后的身份不同。当年大闹天宫，他的身份是破坏者，无所顾忌，自然显得厉害无比；后来护送唐僧取经，他的任务是保护者，瞻前顾后，投鼠忌器，自然显得窝囊了许多。中国有句古话，叫作"毁树容易栽树难"，就是这个道理。

还有人说，作为世代累积型的文学作品，《西游记》捏合了不同地域猿猴题材的故事，各地故事中猿猴的本领有高有低，所以作为猿猴文学形象的集大成者孙悟空，本领忽高忽下，也就在意料之中。

这些见解，既有从对生活的观察入手，也有从文学作品演化的源流出发，都有各自的道理。

然而，最有说服力的解释，笔者以为在于《西游记》儿童文学的属性。正如林庚先生在《西游记漫话》中所指出的，儿童缺乏抽象思维的能力，他们无法把对于这个世界的经验整合为一个合乎逻辑的整体，这就带来一个结果，即儿童的想象常常只是相对于一个具体的情境而展开的，因此哪怕是对于同一事物的想象，前后也可能是不一致甚至是矛盾的。作为一部具有浓厚童话思维的文学作品，《西游记》当然要充分借鉴和模拟儿童的思维特征。孙悟空本领的前后矛盾问题，只要我们用看待童话的态度来看待它，也便不成其为矛盾了。

超级法宝

《西游记》中的法宝可以分为两类。

第一类是孙悟空的如意金箍棒、猪八戒的上宝沁金耙、金银角大王的七星宝剑、黄眉童子的短软狼牙棒之类。这些法宝，其实就相当于人间干将莫邪、徐夫人匕首之类的名刀名剑，除了物理属性比较特殊之外，并没有什么特别之处。

第二类才是特别引人注意的。它们具有特殊的功能，只要触发其应用，其他的事情它们都能自己完成。为与第一类法宝相区别，我们可以把它们叫作"超级法宝"。

这样的超级法宝，在《西游记》中一共出现过六次。

超级法宝的第一次出现，是在平顶山，持有者是金角大王和银角大王。两位大王的宝贝一共有五样：羊脂玉净瓶、紫金红葫芦、七星宝剑、幌金绳、芭蕉扇。其中，七星宝剑实际上就是一件比较锋利的武器，并没有什么特别之处。幌金绳，它的作用是捆人，只要把幌金绳对着你要捆的人扔出去，那绳子就会自动把人捆得结结实实。芭蕉扇是生火的，从后来太上老君

收服青牛怪时说的话来看，应该是很厉害的，但《西游记》对此并没有进一步描述。在这几样宝贝之中，居于核心地位的，实际上是两件装人的宝贝：羊脂玉净瓶和紫金红葫芦。这两件宝贝的用法是瓶口或葫芦口向下，然后叫人的名字。只要被叫的人一答应，顿时就会被吸入瓶中或葫芦里，不到一时三刻，便会化为汁水。

超级法宝的第二次出现，是在金兜洞，持有者是独角兕大王。这是个白森森的圈子，只要将它抛起，不管对方持有怎样的兵器，甚至是水火之类，也都能被瞬间套走。在《西游记》所有的法宝之中，论功能强大，如果把它排在第二，那就没有其他哪个宝贝敢排第一了。

超级法宝的第三次出现，是在火焰山，持有者是牛魔王夫妇。除灭火之外，它的厉害之处是风力惊人，只消一扇子，就能将人扇出八万四千里外。

超级法宝的第四次出现，是在小雷音寺，持有者是黄眉大王。黄眉大王一共有三件法宝：金铙、短软狼牙棒、人种袋。短软狼牙棒和孙悟空的如意金箍棒类似，就是件兵器，没什么特别之处。人种袋和金铙有类似之处，都是只要将其抛起，就能瞬间将人装入其中，差别是金铙内密不透风，三日内就能将人化为脓血；而人种袋看似只是个旧白布褡包，但一旦被它装进，不管是人是神，都会皮肤皱皱，骨软筋麻，任人擒拿。

超级法宝的第五次出现，是在麒麟山獬豸洞，持有者是赛太岁，宝贝是三个金铃。这三个金铃，平日用棉花塞住口，不让它们发声。用时将棉花取出，头一个晃一晃，有三百丈火光烧人；第二个晃一晃，有三百丈烟光熏人；第三个晃一晃，有三百丈黄沙迷人。在这三个金铃中，尤以第三个最为厉害，黄沙若钻入鼻孔，就能伤人性命。

超级法宝的第六次出现，是在狮驼岭，持有者是三个大王中的老三云程万里鹏。宝贝的名字叫作"阴阳二气瓶"，把人装入瓶中，只消一时三刻，就能让人化为浆水。

有超级法宝的加入，为《西游记》本来就很丰富的想象锦上添花，增加了许多重要的看点。需要特别说明的是，这类超级法宝是《西游记》在中国古代小说里的首创，所以特别值得重视。

更为难得的是，这些超级法宝的出现，并没有降低故事中人的重要性，而是成为作品推动情节发展、展现人物个性的有效道具。

一个对比能够帮助我们更清楚地理解这一点。我们选择的比较对象，是《封神演义》。

《封神演义》中也有很多宝贝，比如自动杀人的匕首，以及装在葫芦里能自动杀人的黑鹰。单就其想象的丰富性而言，似乎比《西游记》还要更胜一筹；但对《封神演义》作为一部文学作品的效果而言，则是非常失败的。它们本身的确功能强大，令人眼花缭乱；但这些法宝对于作为文学作品的重心人物形象的塑造来说，却是没有任何积极功效的，因为人的重要性反而退居到这些法宝之下了。

但《西游记》中的法宝就不是这样的。以金角大王、银角大王的法宝羊脂玉净瓶、紫金红葫芦为例。金角大王、银角大王派出精细鬼、伶俐虫小妖用羊脂玉净瓶和紫金红葫芦去装压在山下的孙悟空，没想到孙悟空已经成功地从山下逃脱，而几人又正好在路上相遇。两个小妖炫耀自己手中的宝贝好，能装人，于是孙悟空拔出一根毫毛变了个大葫芦，信口就说了个天大的谎话，说你那葫芦只能装人，没什么稀奇，我这葫芦能够装天。两个小妖不信，要孙悟空装一装看看。话赶话说到这里，那是能装也得装，不能装也得装了。孙悟空也是万般无奈，低头把金头揭谛等一班游神叫到自己身边，让他们向玉皇大帝求情，给自己一个面子，借天装上一会儿。天怎么能装？玉皇大帝也是无法。正当我们发愁孙悟空这天大的谎该怎么圆时，哪吒三太子说话了，说天也能装。方法是用一面黑旗在北天门上一挡，遮住了日月星光，搞得一团漆黑，就算是装了天了。就这样，两个小妖不但相信了孙悟空的葫芦可以装天的胡话，还非要用羊脂玉净瓶外加紫金红葫芦和孙悟空的葫芦进行交换。在这一系列围绕着法宝而展开的故事中，居于中心的一直是人，我们固然惊异于这些法宝的强大功能，但给我们留下最深印象的，自始至终还是孙悟空的机智、聪明，以及他的可爱与一点促狭。而在围绕着这几件宝贝展开的故事中，即使一些配角也被刻画得十分生动。比如，金角大王和银角大王虽是异性兄弟，但彼此之间却有情同手足的金兰之谊；又如，两个小妖在丢失了宝贝之后，从恐惧懊恼到准备逃走，再到最后决定跟大王坦白自首的那一段心理活动，都刻画得十分真切动人，给人留下了非常深刻的印象。

对于宝贝最后归宿的安排，也颇能见出作者的匠心。仍然以金角大王、银角大王的诸般法宝为例——正当孙悟空带着缴获来的宝贝准备上路的时候，太上老君出现了，讲明自己才是诸般法宝的主人后，他将孙悟空的战利品悉数收回。有人替孙悟空惋惜，觉得孙悟空白忙活了，但其实这才是宝贝的最好归宿。原因很简单，如果孙悟空带着这些宝贝继续西行，那就相当于游戏开了超级外挂，这样的《西游记》就很难精彩。

黄眉大王的宝贝

　　黄眉大王一共有三件法宝：金铙、短软狼牙棒、人种袋。对于这三件法宝到底有何寓意，以往读者并未留意，直到 21 世纪初期，才被山东师范大学的杜贵晨先生说出了真相。按照杜贵晨先生的解释，这个"金铙"，其原型就是女性的性器官；而"短软狼牙棒"和"人种袋"，其原型就是男性的性器官。明白了这一点，再看原文的一些充满暗示意味的描写，我们就会有一种"原来如此"的恍然大悟。

　　对于这样的解释，不少人颇为担心会有把名著搞成黄段子的嫌疑。其实大可不必。实际上，《西游记》本身就是一部通俗小说，在通俗文艺中加入一些噱头来吸引听众或者观众，乃是一种非常常见的做法。杜贵晨先生只是说出了一种事实，实在没有什么可以大惊小怪的。更何况，按照精神分析学的解释，情欲乃是人类最基本和最本能的欲望之一，文学在很大程度上就是作家的白日梦，是欲望的投射与升华。一些现代的生理学家和心理学家指出，其实人类作为自然界的一个生物物种，其所有的活动，背后的最大推手都是 DNA（脱氧核糖核酸），只不过这只手有时隐藏得很深，有时若隐若现，有时直接出现在人前罢了。

如意金箍棒

对于孙悟空来说，金箍棒就如同关羽的青龙偃月刀、张飞的丈八蛇矛，它与孙悟空形影不离、生死相随，乃是孙悟空形象的一个不可分割的重要组成部分。所以，这根金箍棒对孙悟空来说意义非凡。

从镌刻在金箍棒上的"如意金箍棒，重一万三千五百斤"这十几个字，我们可以了解到金箍棒的最基础信息：它的重量是一万三千五百斤，可以随着主人的心意而进行或大或小的变化。但这并不是金箍棒的全部信息。在西天取经的路上，还有很多次提到孙悟空的这件法宝，其中最详细的是《西游记》第七十五回，当孙悟空去打文殊菩萨胯下青毛狮子变成的老魔时，老魔说，你拿的是什么东西，好像一根哭丧棒。孙悟空说，这不是哭丧棒，这根棒子是大有来历的，在天上地下都大有名声。老魔说，有什么来历，你说来听听。然后作者用很长的一段文字，详细分说了金箍棒的来历。通过那段文字，我们还可以知道两个关于这根棒子的重要信息。

第一是棒子的制造者。这根棒子的制造者是谁呢？说出来可能会让一些听众大吃一惊。它的打造者，竟然是太上老君。不过，如果结合中国的祖师爷制度来看这个问题，也就不那么奇怪了，因为在中国，好多行业供奉的祖师爷都是能沾上点边的神仙。比如，化妆业的祖师爷是观世音菩萨，水果业的祖师爷是王母娘娘，水产业的祖师爷是龙王，烧窑业的祖师爷是女娲等。而太上老君比以上提到的神仙们还要更忙一些。他除了被称为道德天尊，而和元始天尊、灵宝天尊一起被尊奉为道教的最高神灵外，还是打铁、补锅、冶炼，以及金器业共同的祖师爷。究其原因，就是太上老君拥有世界上条件最好的高温冶炼设备——八卦炉，所以只要和高温沾边的行业，供奉的祖师爷就是太上老君。既然如此，在他的八卦炉里打造一根金箍棒，又有什么值得奇怪的呢？

第二是棒子的前主人。金箍棒在来到孙悟空的手里之前，还经过了另外一个大名鼎鼎的人物之手，这个人就是治水的大禹。大禹在治水的时候，少一个定江海深浅的定子，于是向太上老君求来使用。具体的用法大概就是根据需要将其变成一定的长度，而后向水底一插，根据吃水的情况，对江海的水位进行判断。因为曾有这么一段经历，所以这根棒子也被称为"定海神针铁"。大禹治水之后，这块神铁就被遗落在海底。从连龙王都不知道这块神铁还能如意变化的奥秘来看，这块神铁似乎已经渐渐被人们遗忘了。

至于如意金箍棒一万三千五百斤的重量，有学者认为，这一数字来自道教，因为道家说人一天的呼吸是一万三千五百次。就目前来看，这应该是最为合理的解释。

现在，这根棒子来到了孙悟空的手中，才算找到了它真正的主人。有了这根棒子，孙悟空的形象才算完美地呈现。想想看，如果孙悟空手持一把大刀，或者钢叉，甚至是方天画戟，那么这个形象又该失色多少。原因很简单，各种兵器都有自己的特点，因而也具有不同的品格，只有所用的兵器与其主人的身份、性格特征相符合，才能给人以尽善尽美之感。举例而言，为什么在《三国演义》中，关公要用青龙偃月刀？因为这样才够威猛，同时也隐喻着关公皓如明月的一颗心灵。为什么张飞要用丈八蛇矛？因为那如同跳动着的火焰般的枪刃，正可以暗示主人公如同烈火般的性格。孙悟空的棒子，也是这样。首先，棍（又称棒）在所有兵器之中，号称"百兵之祖"，因此足够霸气。其次，孙悟空是只猴子，带有很强烈的原始色彩，所以任何复杂的兵器放在孙悟空的手中都不合适。只有棍子，既威武霸气，又简洁明快，和孙悟空的形象正所谓一拍即合。

蜘蛛精与七仙女

在《西游记》中，蜘蛛精的数量是七个，这是个很有意思的数字。当看到这个数字时，很多人立刻就会生出丰富的联想——没错，在民间传说的牛郎织女、董永和七仙女的故事中，洗澡的女孩子的数量不多不少也是七个。尽管数字相同，但故事的结局却大相径庭：牛郎、董永发现了七个洗澡的仙女，把自己最中意的仙女的衣服偷走，演绎出了一段缠绵悱恻的爱情故事；孙悟空发现了洗澡的蜘蛛精，叫来猪八戒，猪八戒一通胡闹之后，却要将蜘蛛精打死。用现代的话来说，就是盘丝洞的故事乃是对牛郎、董永故事的戏仿，作者用一种出人意表的方式完成了对原来故事的解构与颠覆。

那么问题来了：为什么同样是发现女孩子洗澡，蜘蛛精的故事却与牛郎织女、董永和七仙女的故事有着如此巨大的差别？

答案是：时代不同了。

牛郎织女、董永和七仙女的故事，都是形成极早的民间故事。牛郎织女的故事要上溯到先秦时期，董永和七仙女的传说则发生在汉代。在秦汉及更早时期，礼教对于男女之间的约束远远比不上后世那样严格。我们看《诗经》，不少爱情故事都是在水边发生的。一群女孩子在水边洗澡，男孩子发现了自己心仪的那一个，然后便开始了自己的爱情故事。在上古时期，这样的事情是健康的、符合道德的。但随着时间的演进，社会上要求女性把自己包裹得越来越严，因此女性也越来越不可能无拘无束地在河边洗澡了。窥视女性洗澡越来越带有明显的色情意味，也越来越不符合主流的两性道德。《西游记》产生的时期，正是两性道德非常严苛的时代。所以，在那个时期，还能在河边洗澡的，就不能是仙女而只能是妖精；而窥视的结果，也就只能像猪八戒那样，跌得鼻青脸肿。

终极诱惑

在《西游记》中，"女儿国"的故事只有一回。和那些动辄三四回的故事，比如牛魔王、金翅大鹏、金角大王、银角大王等妖怪的故事相比，它实在是太简短了。但偏偏就是这极短的篇幅，却讲述了一个在《西游记》中知名度和难忘度都数一数二的精彩故事。

那么，为什么女儿国国王的故事令人如此难忘？原因很简单：男人最心动的东西，说来说去无非四样：美貌、财富、权势、真情，而这四样，女儿国国王无不拥有。

首先是美貌。一般来说，女人的吸引力和她的美貌程度是成正比的。而在《西游记》中，女儿国国王的美貌达到了惊人的程度。她是"丹桂嫦娥离月殿，碧桃王母降瑶池"，也就是说，只有王母和嫦娥才能和她的美貌相提并论。

其次是财富与权势。她的国家虽小，但也拥有一个小小的天下。在一个男权社会中，权势与财富几乎可以说是让一切男子梦魂萦绕的东西。一个男子，只要能够充分拥有这两样东西中的任意一样，就可以在社会上站稳脚跟，其他的一切几乎都可以不求自来。正因为如此，在一个男权社会中，许多男人宁愿丢掉性命，也不愿意放弃它们。现在，它们统统作为女王的陪嫁摆在这里，只要唐僧答应了女王的婚事，这一切令人艳羡的东西就会不求自来。

最后是真情。数不清的财富，掌控一个国家的权力，这些足以让一个男子热血沸腾、不惜杀身以求的东西，女王竟愿意拱手相送，甘心从此退居幕后，过着相夫教子的平淡生活。即使一个一无所有的普通女人，有这种忘我的付出精神，也足以令人无限感动了，更何况她交出的是她的整个国家，且还有无与伦比的美貌。

有人对女儿国国王的痴情不以为然，在顷刻之间作出将整个国家托付给一个初次相遇的男子的决定，这样的冲动，对于一个掌握整个国家命运的女人来说，未免太强烈了一些。对于这样的说法，笔者的看法是一分为二的。一方面，我们当然承认，《西游记》只是一本书，而且是男人写给男人的书，如何激起男人的欲望和阅读兴趣是其根本考虑，所以作者在构思情节的时候就会以男性的需求和心理为依据。但另一方面，这样的写法也不是全然没有生活中的影子，在现实生活中，情感在一个女人的生命中所占有的分量确实要超过男人。特别是以前从来没有经历感情生活的女人，一旦在特定的机会中遇到了她的"真命天子"，往往就会奋不顾身，倾其所有。在这一点上，小仲马的《茶花女》中有一段特别动人的表述：一个从未有过情感经历的女子，就像一个放在路边的沉甸甸的篮子，随时可能被第一个闯入她心中的男子拎走。

唐僧就是那个第一次闯入女王心中的男人。只要唐僧点头，这一切令人艳羡的东西就会不费吹灰之力地纳入他的手中。任何人都不难想象，对于正当壮年、童年生活又遭逢不幸的唐僧来说，这个诱惑该有多大。

所以，我们就看到了唐僧种种难以自持的表现。当太师前来提亲的时候，唐僧的表现是"低头不语""越加痴哑"；当女王喊出"大唐御弟，还不来占凤乘鸾"的时候，唐僧的表现是"耳红面赤，羞答答不敢抬头"；当女王一把拉住他，请他上金銮殿匹配夫妇的时候，唐僧的表现是"战兢兢立站不住，似醉如痴"。对于唐僧的这样一番表现，今人张锦池先生有一段非常精妙的论述。他说，鲁迅先生有一段很有意思的话，"浊浪在拍岸，站在山冈上者和飞沫不相干，弄潮儿则于涛头且不在意，惟有衣履尚整，徘徊海滨的人，一溅水花，便觉得有所沾湿，狼狈起来"，假如将"浊浪"比作"情海"，用这段话来形容孙悟空、猪八戒、唐僧，倒是非常贴切的。孙悟空对女人全无感觉；猪八戒对好色从无掩饰；唯有唐僧，因为既要坚持自己的修行，又不能对女王的一往情深无动于心，所以才显得非常尴尬。借用仓央嘉措的传世名句"世间安得双全法，不负如来不负卿"，来形容唐僧面对女王的心情，应该说是非常恰切的。

但是，世上没有双全法，所以无法做到"不负如来不负卿"。在留在女儿国坐享权势、金钱与继续西行求取真经这两个选项面前，唐僧还是毅然决然地选择了后者。支撑唐僧意志的不外乎两点。一是责任。对唐太宗的知遇之恩，唐僧时刻铭记在心。当孙悟空开玩笑地说，这世界上哪有这么合适的婚姻，师父您就留在这里的时候，唐僧想到的是唐太宗对自己的殷切希望，说我们在这里贪图富贵，谁去西天取经？那不是望坏了我大唐之主也？在这个意义上，我们也可以说，在唐僧的身上，实际上是体现了古代士人重然诺，"士为知己者死"的宝贵品格。二是信仰。就是唐僧对孙悟空所说的，我怎肯丧元阳，败坏了佛家德行；走真精，堕落了本教人身。笔者看过一些现代人写的文章，很多人都在拿唐僧开玩笑，说唐僧最终拒绝了女王的求婚是不敢追求真情的软弱，说唐僧在整个西游过程中都在打一场极其搞笑的

"下半身保卫战"，这种战争就是胜利了也没有什么意义。其实，这样的看法是极其狭隘的。听从信仰的召唤而有所不为，是比单纯听从感情与欲望的吸引而放纵自己更为崇高的品质，因为前者放射出的是更为夺目的德行与信念的光辉。总之，唐僧切实地感受到女王的殷殷情意，对这份情意背后的富贵与权势也不是没有片刻的动摇，但在人生更大的责任面前，在自己的终极信仰面前，他还是拒绝了普通人难以拒绝的诱惑，通过了一般人无法通过的考验，这也正是唐僧特别难能可贵的地方。

所谓"火眼金睛"

在一般人的心中，孙悟空的火眼金睛是很厉害的，它如同照妖镜一般，什么妖魔鬼怪在它面前都会原形毕露、无所隐匿。其实，这大半是因为电视剧的渲染。我们认真翻看原著，就会发现这个"火眼金睛"的真相，却是非常尴尬。

这个"尴尬"，包括两个方面：一是它的来历，二是它的威力。

先说来历。因为孙悟空说到自己的"火眼金睛"时，总是一副很骄傲的样子，我们常常觉得，这肯定是他的天赋异禀，所以才值得如此炫耀。但实际上，火眼金睛只是他在八卦炉中被烟熏火燎七七四十九天之后留下的一个后遗症。具体来说，是孙悟空闹了蟠桃会，偷吃了御酒仙丹后，逃到下界。二郎神在太上老君的助力下将他捉住，但因为孙悟空此前吃了太上老君的五葫芦仙丹，已成金刚之躯，所以刀砍斧剁，均不能伤其分毫。太上老君于是出主意，将他投入八卦炉中锻炼，待炼出金丹，孙悟空的身体也就自然化为灰烬。不过孙悟空非常聪明，一入八卦炉中，"他即将身钻在巽宫位下，巽乃风也，有风则无火。只是风搅得烟来，把一双眼熰红了，弄做个老害眼病，故此后来唤作火眼金睛"。所以，孙悟空后来总是炫耀他的"火眼金睛"，那性质就像是老兵炫耀身体上的伤疤一样，提供的就是某种精神上的自豪感，如此而已。

再说威力。实际上，从后来的情节来看，孙悟空火眼金睛的识妖率其实并不很高，就如同金庸小说《天龙八部》中段誉的凌波微步，时灵时不灵。灵的时候，最典型的例子就是白虎岭上，白骨精三次分别变成妙龄女子、老叟、老妇人，均被孙悟空一眼认出。但不灵的时候也所在多有，比如在黄花观，观中道人明明是蜈蚣精所化，但孙悟空却浑然不觉；又如在三借芭蕉扇时，孙悟空从铁扇公主那里骗来了芭蕉扇，牛魔王回家后，铁扇公主向牛魔王哭诉此事，牛魔王即变作猪八戒的样子追上孙悟空，孙悟空也是对面不识，将芭蕉扇交给牛魔王，结果空欢喜一场。有人对孙悟空火眼金睛的识别率做过统计，成功率在百分之五十以下，真的不算很高。

刚才所说的两个方面，是就《西游记》谈《西游记》。我们当然不会止步于此。我们要探寻的是《西游记》中孙悟空识别妖怪的原理，以及背后的文化渊源。

我们在电视剧中见到的孙悟空目放两道金光，然后妖怪的原形就显露出来。这个功能是透视。而《西游记》原著中的孙悟空并不具有这个功能。细读《西游记》就会发现，孙悟空识别妖怪，依靠的其实就两点：一是"观察"，二是"望气"。

"观察"，也就是根据自己的经验，从蛛丝马迹中发现对方的破绽。这一点在《西游记》中其实是有很多体现的，比如在"三打白骨精"的时候，妖精假扮少女被孙悟空识破，元神脱真而去，而后变作一个年过八十岁的老太太，一步一哭向唐僧四众走来。猪八戒听那老太太的哭诉，说这是那少女的母亲来寻女儿了，孙悟空当即断喝，说老太太年过八十岁，那女孩只有十八岁，哪里有年过六十岁还能生产的道理？

"望气"，也就是根据上空出现的云气，判断对方或神或魔的身份。比如唐僧师徒路过号山，孙悟空忽然见那山坳里有一朵红云，直冒到九霄空内，结聚了一团火气，不由大惊，赶快上前，托着唐僧的脚把他推下马来，叫："兄弟们，不要走了！妖怪来矣！"慌得个猪八戒急掣钉耙，沙僧忙抢宝杖，把唐僧围护在当中。

在这两种方法之中，"观察"容易理解，我们普通人在生活中分辨真假善恶，透过表面现象看本质，靠的就是细心地观察。"望气"则不那么为人所知，所以需要稍微解释一下。它是古代方士的一种占候术，据说只要掌握这种本领，就能根据天上的云气推测地下的情况。比如，刘邦的老婆吕雉就很善于"望气"。当年，秦始皇常说"东南有天子气"，刘邦怀疑发出天子气的是自己，于是躲避在芒砀山中。可无论他躲在哪里，吕雉都可以轻易找到他。刘邦很奇怪，问吕雉是怎么回事，吕雉回答说，你的上方常有云气，循着云气，自然就能找到你。又如，汉武帝晚年迷信方术，身边也有这种善于望气的人。某年，汉武帝经过河间，方士就根据上空的云气，断定"此有奇女"，派人寻找，果然找到了一个相貌异常美丽的女子。不过，她虽然美丽，却有一个生理缺陷，那就是天生握拳，不能打开。汉武帝虽召见了她，但觉得很遗憾，于是用手去掰那女子的手，奇迹随之发生：她握了十几年的双手，竟随汉武帝的手慢慢展开，她的手中还握着一枚小小的玉钩。这个女子就是著名的钩弋夫人，她所生的儿子弗陵，就是后来的汉昭帝。

艺术来源于生活。因《西游记》拍摄于科学昌明的现代，编剧会想当然地让孙悟空以"透视"的方式识别妖怪；而《西游记》原著中的孙悟空，就只能靠观察与望气了。

金猴怕不怕火炼

我们常听人说"真金不怕火炼",那么,"金猴"怕不怕火炼呢?

在《西游记》里,孙悟空至少有四次面对火的考验,而在这些考验中,孙悟空的表现其实是很不相同的。

第一次,是在太上老君的八卦炉中,被用"文武火"锻炼。那一次,孙悟空安然无恙。不过,细究起来,他没有被烧死的原因,不是说太上老君的文武火不厉害,而是因为他太机灵,在被推进八卦炉的瞬间就躲在了"巽"也就是"风"的位置上,有风则无火,所以逃得了一条性命。

第二次,是被红孩儿的三昧真火烧伤,几乎丧了性命。不过究其原因,倒并非全然因为三昧真火厉害,而是因为红孩儿的三昧真火伴着浓烟,孙悟空被烟熏火燎,燥热难当,一头扎进溪水,结果弄得火气攻心,而并非纯然是火的功效。我们不要忘记,当红孩儿刚刚喷火的时候,孙悟空并没有退却,他是捻着避火诀,钻进火里寻找红孩儿厮杀的,只是红孩儿在喷出一口浓烟之后,他才不得不败下阵来。

第三次,是在火焰山。那一次他被铁扇公主的假芭蕉扇骗了,几扇子下来，火焰腾起，几乎把他两腿的毛都烧光了。猪八戒嘲笑他，说他平时吹牛不怕火，如今怎么会如此狼狈，他解释说平时不怕火是因为捻着避火诀，这次没有提防，不曾捻着避火诀，所以腿毛才被烧光。

第四次，是最狼狈的一次。他是在狮驼岭被收入狮子精、大象精、金翅大鹏鸟的阴阳二气瓶，被瓶中的几条火龙围困。那一次，孙悟空是捻着避火诀的，但仍然差点被烧死。要不是用观世音菩萨赠给的几根救命毫毛变了金刚钻钻透阴阳二气瓶，定然是一命呜呼了。

综合这四次的表现，我们可以下一个结论：孙悟空基本上不怕火，但不怕火的原因，除了身体条件特殊，主要还是因为他会避火诀。但如果火力极猛且持久，则避火诀似乎也就起不了什么作用了。这倒是和孙悟空"金猴"的特点相符合：我们常说"真金不怕火炼"，这大抵不错。但若火的温度够高够持久，则真金也还是会被化掉的。

《西游记》时间表

　　我们从小就看《西游记》的电视剧和动画片，也听关于《西游记》的各种故事。但在大多数人心中，对于唐僧师徒在西游路上所遇到的妖魔鬼怪出现的具体时间，恐怕都是一头雾水。如果我们把唐僧辞别唐太宗踏上西游之路的那一年作为"西游元年"的话，那么笔者现在问大家几个问题：红孩儿是西游第几年遇到的？女儿国国王是西游第几年遇到的？金翅大鹏和牛魔王呢？恐怕绝大多数朋友都会一脸懵懂。他们会说：啊呀，我怎么知道？再说，《西游记》也没有写啊！

　　那么，在《西游记》中到底写了没有呢？答案是：写了。不过，它不是以非常明确的笔墨描写的，而是以一种巧妙而隐晦的方式描写的。以第二十回为例。本回开头是一首偈子，说的是唐僧悟彻了《心经》，心性渐渐开发的情况。接着就是一句话："带月披星，早又至夏景炎天。"这说明碰到黄风怪的季节是夏天。其实，不仅是这一回，在《西游记》中，这种点出故事发生季节的句子经常会出现在作品当中。比如，在第十八回，孙悟空和唐僧到高老庄的时候，书中写道，"正是那春融时节"。又如，在第五十三回，唐僧师徒来到女儿国时，书中也有一句："行够多时，又值早春天气。"根据这些景物的描写，我们就不难从中看出时间的推移，也不难把西游路上发生的事情落实在准确的年份上。总之，西游路上十四年，每件事发生在哪一年，都是不难推知的。而且作者本身对这个问题也是了然于心、丝毫不乱的。再如，在第二十回，猪八戒打死了虎先锋后，作品里有一首诗是这样描写的："三二年前归正宗，持斋把素悟真空。诚心要保唐三藏，初秉沙门立此功。"这段文字里提到了猪八戒皈依沙门的时间是"三二年"。我们翻看作品，如果把唐僧离开长安作为"西游元年"的话，猪八戒被观世音菩萨点化，正发生在那一年的盂兰盆会（也就是阴历七月十五日）后的几天；而到达黄风岭上，正是唐僧出发后的第三年，这正是"三二年"。所以，《西游记》不是没有写事件发生的具体时间，而是用一种巧妙的方式写出来的，需要我们仔细阅读，才能读出。

下面，笔者就把西行路上发生的事情做成年表呈现给读者，好让大家能做到心中有数。

西游元年　九月十二日，唐僧自长安出发，西行求法（第十二回）

深秋，遇到熊虎牛三怪（第十三回）

深秋，遇到刘伯钦（第十三回）

深秋，收服孙悟空（第十三回）

腊月，收服白龙马（第十五回）

西游二年　春天，遇到黑熊精（第十六回）

西游三年　春天，收服猪八戒（第十八回）

夏天，遇到黄风怪（第二十回）

秋天，收服沙僧（第二十二回）

秋天，四圣试禅心（第二十三回）

西游四年　路过五庄观（第二十四回）

西游五年　夏天，遇到白骨精（第二十七回）

夏天，遇到黄袍怪（第二十八回）

西游六年　春天，遇到金角、银角大王（第三十二回）

秋天，解救乌鸡国国王（第三十八回）

秋末冬初，遇到红孩儿（第四十回）

冬天，遇到鼍洁（第四十三回）

西游七年　春天，遇到虎力、鹿力、羊力三位大仙（第四十五回）

秋天，遇到灵感大王（第四十八回）

冬天，遇到独角兕王（第五十回）

西游八年　春天，遇到如意真仙（第五十三回）

春天，遇到女儿国国王（第五十四回）

春天，遇到蝎子精（第五十五回）

夏天，遇到六耳猕猴（第五十七回）

秋天，三借芭蕉扇（第五十九回）

秋末冬初，遇到万圣老龙、九头虫（第六十三回）

西游九年　春天，遇到荆棘岭植物精（第六十四回）

西游十年　一年无事

西游十一年　春天，遇到黄眉大王（第六十五回）

春天，遇到稀柿衕蟒蛇精（第六十七回）

夏天，朱紫国降服金毛犼（第七十回）

西游十二年　春天，遇到蜘蛛精、蜈蚣精（第七十二回）

秋天，遇到狮子、大象、金翅大鹏（第七十四回）

冬天，遇到白鹿怪（第七十八回）

西游十三年　春末夏初，遇到地涌夫人（第八十回）

夏天，过灭法国（第八十四回）

夏天，遇到南山大王（第八十五回）

西游十四年　春天，凤仙郡祈雨（第八十七回）

深秋，遇到九头狮子怪（第八十九回）

西游十五年　正月，青龙山遇到犀牛怪（第九十二回）

春天，天竺国遇到玉兔精（第九十三回）

夏天，铜台府遇到寇员外（第九十六回）

秋天，到达灵山（第九十八回）

哲

理

篇

天地不全

在《西游记》第九十九回中，取经归来的唐僧师徒再次经过通天河，因而也就遇到当年驮他们过河的老鼋。老鼋又一次担起护送唐僧师徒过河的任务。走到一半时，老鼋问起当年托付唐僧到西天问佛祖自己何时能够脱去鳖壳得到人身的事情。唐僧早把这事忘得一干二净，老鼋一问，唐僧顿时语塞。老鼋十分生气，将唐僧师徒及经书撇入水中，自己沉下水去。师徒四人爬上岸来，将经书铺在石头上晾晒，其中的《佛本行经》被石头粘住，并造成了破损。唐僧懊恼，孙悟空却笑着讲出了一番"天地不全"的道理："不在此！不在此！盖天地不全。这经原是全全的，今沾破了，乃是应不全之奥妙也，岂人力所能与耶！"

这话大有玄机。

所谓"天地不全"，乃是孙悟空的原创。不过，这话虽出自孙悟空，却也有着极其深厚的传统文化含量。从中国的救世神话"女娲补天"来看，天地确实是不完全的。当年共工与颛顼争斗，共工失败了。一怒之下，他以头撞不周之山，天柱折，地维绝。女娲炼五色石以补苍天，断巨鳌足以立四极，经过一番整治，终于把天地搞定，但还是留下了后遗症，这就是天有些向西北倾斜，大地有些向东南塌陷。因此，太阳、月亮和众星辰都很自然地向西方运行，江河都往东南汇流。当然，天地本无所谓全或不全，所谓"天地不全"，其实是人们的思想观念在天地的投射，因为人们在生活中发现，世间万物几乎没有尽善尽美、全然合乎人意的。比如，收成有丰歉，人生有生死，身体有强弱，当人们想给这一切找到一个原型作出解释的时候，天地本身的阴晴冷暖、周流变化就成了最好的媒介。当人们把自身不完满的现实和天地宇宙的所谓不完满的本来面目联系在一起的时候，一切也都似乎显得顺理成章了。既然连天地都不完全，那就要接受事物本身的不完美、不绝对。这种观念在中国的文学作品中有着非常普遍的体现。比如，在《红楼梦》中就没有一个完美无瑕的女孩儿，黛玉瘦弱，宝钗微胖，湘云口吃；在《水浒传》中就没有一个完美的好汉，武松戾气太重，林冲性格懦弱；而苏东坡的《水调歌头》也说："人有悲欢离合，月有阴晴圆缺，此事古难全。"

另外，还要特别说明一下，《佛本行经》并不是玄奘法师带回来的，这部经书早在隋朝就已完整传入中国，并由阇那崛多翻译成中文，共六十卷。在《西游记》中，说《佛本行经》是被石头粘破，所以不全，这个答案并不准确。

境界人生

　　孙悟空表面上是一只猴子，但众所周知，他实际上是被当作一个人，一个功德圆满的"人"来写的。而按照当代哲学家冯友兰先生所说，在中国文化中，功德圆满的理想人生，是应当完整地经历过自然境界、功利境界、道德境界、天地境界这四个人生境界的。对照冯友兰先生的"人生境界说"，我们就会发现，孙悟空生命的几个阶段，正好与冯友兰先生所说的几重境界对应了起来，而他从"天产石猴"到"弼马温"与"齐天大圣"，再到"行者"与"斗战圣佛"的名号，也与这四层境界若合符节。

　　第一个境界是"自然境界"。 生活在这个境界的人，是所谓"生物的人"，他们以最本能的生物形式而存在，追求的是吃饱穿暖喝足等最基本的物质需要。自我意识觉醒之前的儿童，以及那些终生自我意识都没有觉醒的成年人，都是生活在这一境界之中的。浑浑噩噩，是这一阶段人的最基本的特征。

　　孙悟空的"自然境界"，是从出生开始，到水帘洞探源而结束的。这一个阶段的孙悟空无名无姓，被叫作"天产石猴"。按照《西游记》中的描述，

这个时候的孙悟空是每天"食草木，饮涧泉，采山花，觅树果，与猿鹤为伴，麋鹿为群，夜宿山崖，朝游峰洞"，真是"山中无甲子，寒尽不知年"。

第二个境界是"功利境界"。生活在这个境界的人，是所谓"现实的人"。他们的自我意识已经觉醒，他们的生活以自我为中心，追求的是自我的物质需求和精神需求。自利，是这一阶段人的最基本的特征。

孙悟空的"功利境界"，是从水帘洞探源开始的。众猴去山涧中洗澡，闲来无事，遂想去源头探个究竟。至源流之处，乃是一股瀑布喷泉。众猴拍手称扬道："'好水！好水！那一个有本事的，钻进去寻个源头出来，不伤身体者，我等即拜他为王。'连呼了三声。"

正是这三声呼唤，唤起了孙悟空的雄心或者说是野心。他在丛杂中跳出，瞑目蹲身，将身一纵，径跳入瀑布泉中。以此纵身一跃为界，孙悟空的人生也就进入了一个崭新的阶段：功利境界。后面的事情我们也都知道了：因为聪明勇敢，以及替众猴找到了水帘洞这样一个遮风挡雨之处，他被尊为猴王；而后拜师学艺，超凡入圣；再后来上天庭，大闹了蟠桃盛会与凌霄宝殿，扬名立万，声闻四海。与此相应地，他不但有了"孙悟空"这个正式的名字，还先后得到了"美猴王""弼马温""齐天大圣"等一系列用以标志其身份地位的称号。

第三个境界是"道德境界"。生活在这一境界的人，是所谓"道德的人"，他们的一切作为，皆以自我行义为目的，以他人和社会为中心，服从于社会伦理道德的需要。

孙悟空的"道德境界"，是被唐僧从五行山下救出而开始，到西行取经终结而结束的。这时的孙悟空有了一个崭新的名字：行者。我们之所以说孙悟空此一阶段处于道德境界，是因为在《西游记》中，取经是被界定为一件有益于大唐王朝、大唐众生的伟大事业，而孙悟空的使命，则是这项伟大事业的护法。孙悟空的生命，是从石破天惊而开始的。这一次，他再次以"石破天惊"的方式，开始了新的生命历程。镇压他的山叫"五行山"，又叫"两界山"。山的名字，以及孙悟空再次从山中迸裂而出的方式，都是意味深长的。

随着取经事业的圆满完成，孙悟空的生命也就进入了最后一个境界：天地境界。在这一境界，他又取得了一个新的名字：斗战胜佛。孙悟空成佛了。成佛是什么意思？按照中国佛教文化来说，就是彻底觉悟了。彻底觉悟，自然就进入了生命存在的最高境界：天地境界。

第四个境界是"天地境界"。它之所以高于"道德境界"，原因有两点：一是因为道德受到历史的、地域的局限，不同的时代、不同的国家和民族，人们所奉行的道德观念还是存在着很大的差别，在人类历史上，我们几乎找不到有哪一条道德准则是放之四海、置之古今而皆准的。二是生活在道德境界的人，还是没有对自己的生命有最透辟的觉解。崇信某种道德的人与其所崇信的道德的关系，借用冯友兰先生所打的比方就是，如同地球与太阳的关系，地球是围绕着太阳旋转的，没有了太阳，地球就失去了轨道。同样，一旦某个人向来信奉的道德信条出现了问题，他就会无所适从。"天地境界"的人对此有着透彻的认识，所以也就能超越世俗的道德。生活在这一境界的人，按照冯友兰先生的话来说，是所谓"宇宙的人"，他们对社会人生、宇宙万物的真相都有透辟的觉解，他们以天地为旨归，自在自为自适，物我两忘，天人合一。当然，能够达到这一境界的人，在数量上是极其稀少的，按照冯友兰先生的话说，只有像孔子之类的圣人，才能够真正地达于或者无限趋近于此境。

孙悟空一生的经历，其所经历的境界，大致如前所说。它能够给我们的最大启示，就是我们应该怎样对待我们的生命。人生百年，终将过去。我们生下来的时候是两手空空，死去的时候同样也是两手空空。来去空空，那么我们在这个世界上走了一圈，到底能得到什么，到底该追求什么？这个问题看起来似乎虚无缥缈，但实际上却是非常重要的，除非你的一生始终处于混沌蒙昧的状态，否则只要真正的生命意识开始觉醒，这个问题便会如影随形般地纠缠着你。

《西游记》为我们作出了回答。孙悟空求索一生，得到的是斗战胜佛的果位。而"佛"是什么？按照中国佛教的说法，佛就是"觉"。也就是说，在《西游记》中，孙悟空经历了这一生所得到的，就是对宇宙人生的彻底觉悟。除了这个，什么都没有。

这个启示，应该说是振聋发聩的。

过去，在科学不昌明的时代，我们还可能寄希望于来世，但在今天，科学已经成为我们的底层逻辑，当我们已经明白自己就是宇宙的一个过客的时候，就再也没有回避的道路了。可以非常确定的是，我们来时两手空空，去时两手空空，除了这一生一世的体验外，什么都没有。所以，体认更好的人生经验，追求更高的生命境界，就是我们生命的核心价值所在。这个具体过程或有不同，但对人类的经验而言，大体的规律还是有的，这就是冯友兰先生归纳总结出的四个境界或者说是由低到高的四个步骤：从无知的懵懂开始，到追求自我欲望的满足，再到追求道德的完善，最后达到对宇宙人生的大彻大悟。《西游记》通过孙悟空的生命轨迹，把这个境界的提升以生动的、令人充满兴味的方式展现给我们，让我们在享受一个好故事、得到充分乐趣的同时，领略到这个人生的真谛。

唐僧的"内圣"与"外王"

　　唐僧是以普通人的肉身凡胎走完他的取经之旅的，而他的取经之旅正是中国文化，特别是中国儒家文化对于一个理想人物所规定的那条"内圣外王"之路。

　　什么是"内圣外王"？按其本意来讲，是指在内德行高尚，博通事理，具有圣人的才德；在外能施行王道，天下归往（"王"字的三横代表"三大"即天、地、人，用一竖相连，意谓能沟通"三大"，天下归往）。"内圣外王"原来是指古代圣王的境界，但随着文化的演进，"内圣外王"的内涵和外延均有所扩大。正如冯友兰先生在他的著作《新原道》中说的："在中国哲学中，无论哪一派哪一家，都自以为讲'内圣外王之道'。"而其核心内容，则正如梁启超先生所概括的："'内圣外王之道'一语包举中国学术之全体，其旨归在于内足以资修养而外足以经世。"

　　"内足以资修养"与"外足以经世"这两个中国一切学术的旨归，体现在理想人格的诉求上。对于一个理想人物而言，内在修养与外在的事功，都是必不可少的。毫不夸张地说，古往今来，凡是被中国人所崇仰的理想人物，莫不满足这两个方面的要求。

那么，如何达到"内圣外王"的理想人生境界呢？明代伟大的哲学家王阳明指出了具体的道路，那就是一破山中之贼，二破心中之贼。

"破山中之贼"与"破心中之贼"的说法，富有极强的哲理意味与现实内涵。以现代心理学的观点来看，影响人们心智的因素说到底无非两个：恐惧与贪婪。王阳明所谓的"山中之贼"，其实就是能够引发"恐惧"情感的外在威胁；而"心中之贼"，其实就是能够引发"贪婪"情感的内在诱惑。对应到《西游记》中，就是唐僧在取经路上遇到的种种魔障。这些魔障，其实象征了一个人在做成一番事业的过程中所能遇到的种种考验。乍一看，唐僧所遇到的邪魔很多，比如红孩儿、牛魔王、金翅大鹏、蝎子精等。但明眼人一眼就能看出，这些妖魔无非可以分为两类：男魔与女妖。而这两大类妖魔，其实正对应着能够引起人恐惧心的外在威胁，以及能够引起人贪婪心的内在诱惑。

先说男魔。

西行路上的男魔有一个共同的诉求，那就是唐僧肉。他们威胁的是唐僧的生命，激发起唐僧的基本情绪是恐惧。包括他们那狰狞的相貌，都强化了他们的恐怖性。

这些以唐僧肉为目的的男魔，确实给唐僧带来了极大的困扰。在《西游记》中的很多章节，都写到唐僧在面对这些妖魔时的狼狈和困窘。在西行路上，每当遇到高山大川，可能就是有妖魔的地方，唐僧总是忧心忡忡；及至妖怪出现，他的第一反应基本上就是手足瘫软，然后就魂飞魄散地摔下马来，泪如雨下。

如此表现，一方面，孙悟空经常说着唐僧的不济，他也常常成为孙悟空讥讽嘲笑的对象；另一方面，我们也可以说，唐僧应该是取经队伍中意志最

坚定顽强的一个。孙悟空是无所畏惧的，但他的无所畏惧是有条件的，那就是他的金刚不坏之身，他的七十二般变化，他的如意金箍棒还有筋斗云。猪八戒、沙僧虽然没有孙悟空那么大的本领，但也有一身足以自保的本领。唐僧有什么？除了一具令妖怪垂涎的肉身外，他是一无所有的。仅凭这一具肉身，出于自己的信仰，更出于对唐太宗的知遇之恩，他在接到了一项任务——前往谁也没有去过的灵山后，就向着生死未卜的西方前进了。这份大勇猛、大刚毅，值得所有的人为之顶礼赞叹。

再说女妖。

在《西游记》中，也描写了许多唐僧和女妖的故事。与那些男魔想吃唐僧肉不同，这些女妖的诉求是唐僧这个人。她们以自身的美丽，对唐僧构成了巨大的诱惑，激发的是男性对于异性的欲望与贪婪。

这些女妖为什么都想和唐僧结婚？难道是因为唐僧长得太帅，所以女妖也无法自控地对唐僧动了真情？真实不是的。对于个中原因，陷空山无底洞的金鼻白毛老鼠精作出了解释："那唐僧乃童身修行，一点元阳未泄，正欲拿他去配合，成太乙金仙。"所谓"太乙金仙"，乃是"仙"中比较低的一等，但不管怎样，"仙"毕竟和"妖"是不一样的。套用现代的话语，这个区别就是"仙"是有编制的，只要名登仙籍，天上每次开蟠桃会时，他就有机会得到王母瑶池的蟠桃，帮助自己度过每五百年就会到来的一次劫难。简言之，把唐僧杀了吃肉只能帮自己躲过一次劫难，而和唐僧结婚却可以位列仙班，几乎就永无后顾之忧了。

因为要与唐僧配合才能达到自己的目的，所以这些女妖就绝不能长成那些男妖的狰狞样子，她们的长相都很漂亮。实际上，《西游记》中的女妖，可以说是西行路上一道极其亮丽的风景线，盘点这些女妖，我们就会发现，她们几乎代表了人间所有对男性构成诱惑的女性类型。

面对西行路上的那些女妖，唐僧是否曾经有动于心？这是历来的读者都很感兴趣的问题。笔者的回答是：肯定动过。比如，在面对蜘蛛精幻化的那四个青春活泼的女孩子时，唐僧就有动于心，有过片刻的难以自持。按照书中所写，四众正在行走，忽见一座村庄。平时都是孙悟空前去化斋，但这一次，唐僧却坚持要亲力亲为。孙悟空劝止不住，只好由着唐僧。唐僧于是跬开步，直至庄前观看：

> 见那庄前有座石桥，住场却也幽雅。原来那人家没个男儿，只见茅屋之中，蓬窗之下，有四个女子，在那里描鸾绣凤。少停有半个时辰，静悄悄鸡犬无声。长老不敢近前，将身闪在树林边，看那些女子，一个个：闺心坚似石，兰喜性逢春。娇脸红霞衬，朱唇绛雪匀。蛾眉横月小，蝉鬓迭云新。若到花间立，游蜂错认真。

这一看就是半个时辰，也就是今天的一个小时。在呆呆地看过这四个女孩子一个小时之后，唐僧才突然醒悟过来，自己是前来化斋的："我若没本事化顿斋饭，也惹那徒弟笑我"。

不过，这只是事情的一个方面。事情的另一个方面，是唐僧尽管对蜘蛛精有过片刻的动心，但他还是随即就端正了自己的态度。面对其他如蝎子精、锦毛老鼠精等女妖，就算被她们捉到了密室之中，他都能咬紧牙关，坚决不从。

就这样，历时十四年、九九八十一难，战胜了以男性魔头为象征的外在威胁，以及以女性妖精为象征的内在诱惑的考验，唐僧终于艰难地、有惊无险地完成了他的"内圣外王"之路。到达灵山后，他将大乘真经从灵山带回东土大唐。

　　唐僧的英雄之旅，或者说内圣外王之路，对于我们的启示是深刻的。人要想做成一番事业，挡在面前的困难，说到底无非两点：威胁与诱惑。它们诉诸的无非就是人的两种基本情绪：恐惧与贪婪。正是这两种基本情绪，使得我们在做一些事情时方寸大乱。在《西游记》中，这两者分别是以男魔与女妖的形象出现的。作品中有一句如同主旋律般反复出现的话语"心生种种魔生，心灭种种魔灭"，就非常清晰地表明了这一点。唐僧以一具血肉之躯战胜了种种魔障，走完了自己的英雄之旅，为大唐取回了真经，同时也成就了自己的内圣与外王。《西游记》以一种魔幻的笔墨告诉我们，只有战胜恐惧与诱惑，我们才能有所成就，完成自己的使命。

认识你自己

猪八戒是一个一出场就会引起大家欢笑的滑稽角色。不过，大多数人在被这个角色逗得前仰后合的时候，却很少认真追问猪八戒身上的滑稽感来自哪里。一般人常常认为，猪八戒的滑稽源于他猪头猪脑的长相，这其实是不准确的。试想，猪圈里那么多头猪，我们去参观猪圈时也没觉得有什么可笑的。猪八戒之所以显得很可笑，其实更多是来自一种"错位"感，即别人眼中的他与自己心目中的自己之间的错位。用更专业的话来说，就是自我认知的偏差；用更尖刻而一针见血的话来说，就是他没有自知之明，自我感觉过于良好。

人是各种社会关系的总和，而在这些关系中，最为重要而直接的，大概就是婚姻和职场这两大关系了。处理好各种社会关系的基础是对于自身情况的清醒认识。可惜的是，猪八戒对于自己在这两大关系中的定位都存在着严重的失误，因而也就犯下了种种可笑可恨的错误。

先说猪八戒的婚姻生活。

猪八戒有两段婚姻生活。第一个妻子叫卯二姐，从名字和猪八戒提到的

关于她的蛛丝马迹来看，应该是个兔子精。不过，和卯二姐的那段婚姻生活，基本上不怎么被猪八戒提起。在猪八戒的一生中，最让他念念不忘的，就是在高老庄和高翠兰的那一段婚姻生活。

在猪八戒的心中，高翠兰对自己是有感情的。孙悟空来到高老庄，变作高翠兰的样子，坐在房里等候猪八戒。不一会儿，猪八戒便驾着一阵狂风来到。孙悟空装病坐在床上，猪八戒上来一把搂住，就要亲嘴。孙悟空是个男的，怎么可能让猪八戒亲到，于是当时就使了个拿法，托着猪八戒的嘴，漫头一料，把猪八戒掼下床来。猪八戒爬起来，扶着床边道："姐姐，你怎么今日有些怪我，想是我来得迟了？"此时的猪八戒，并不知道眼前的高翠兰是孙悟空变作的，他对孙悟空说的话，正是他要对高翠兰说的话。从这番对话中我们可以看出，猪八戒认为高翠兰独自在家，是盼星星盼月亮地等着自己回来呢，以至于自己稍微回来晚一点，高翠兰都会生气。

猪八戒觉得自己是个合格的丈夫。当孙悟空说"造化低了"的时候，猪八戒说："你恼怎的？造化怎么得低的？我得到了你家，虽是吃了些茶饭，却也不曾白吃你的：我也曾替你家扫地通沟，搬砖运瓦，筑土打墙，耕田耙地，种麦插秧，创家立业。如今你身上穿的锦，戴的金，四时有花果享用，八节有蔬菜烹煎，你还都是我挣来的。你还有那些儿不趁心处，这般短叹长吁，说甚么造化低了！"从这连珠炮一般的话语中，我们可以看出猪八戒满满的自豪感。说到自己的丑，猪八戒是知道的，但在猪八戒看来，这根本就不应该是问题。这一点，体现在后来"四圣试禅心"与黎山老母假扮的贾莫氏的对话中，"娘，你上复令爱，不要这等拣汉。想我那唐僧，人才虽俊，其实不中用。我丑自丑，有几句口号儿。"妇人道："你怎的说么？"猪八戒道："我虽然人物丑，勤紧有些功。若言千顷地，不用使牛耕。只消一顿钯，布种及时生。没雨能求雨，无风会唤风。房舍若嫌矮，起上二三层。地下不扫扫一扫，阴沟不通通一通。家长里短诸般事，踢天弄井我皆能。"也体现在女儿国面对驿丞"你虽是个男身，但只形容丑陋，不中我王之意"的话，以及回答时所说的"粗柳簸箕细柳斗，世上谁见男儿丑"。可以看出，在猪八戒心中，男人的丑并不是无法弥补的硬伤。若猪八戒生在现代，一定还会加上马云的两段话，"男人的智商和相貌成反比"，以及"男人长得丑是可以习惯的，习惯之后就会觉得越来越好看；长得好也会习惯的，习惯之后就会觉得越来越一般"。

正因为对高翠兰感情的确信、对自己能力的肯定，以及出于"勤能补丑"的男性容貌观，猪八戒对自己在高老庄的婚姻生活的自我感觉是非常良好的。这段婚姻生活，应该是猪八戒心灵中最温暖、最柔软的一个角落，以至于在临到取经之时，他依然恋恋不舍，在高太公为猪八戒送行的酒席上，他还摇摇摆摆对高老唱个喏，说了一段饱含深情的话："上复丈母、姨娘和诸亲眷，我今日去做和尚了，不及面辞。丈人呵，你还好生看待我浑家，只怕我们取经不成时，还来照旧与你做女婿过活。"而在西行路上，每当遇到不顺心的事，他都会情不自禁地想起高老庄，声称要回去接着过倒插门女婿的幸福生活。

但实际情况如何呢？用现在流行的一句话就是"啪啪打脸"。

猪八戒认为，高翠兰对他是有感情的，但一个细节就说明了高翠兰实际的态度。当孙悟空和高太公来到后宅，高翠兰正要走出门，样子是"云鬓蓬松，花容憔悴"。她见到高太公的表现，是"走来扯住高老，抱头大哭"。当孙悟空和高太公说出要降服猪八戒的时候，高翠兰的态度是极其配合的，没有提出半点反对。这些表现，都足以说明高翠兰和猪八戒的日子过得并不幸福，她对猪八戒根本说不上有什么感情。

在高太公的眼中，猪八戒更是个令人讨厌的怪物加骗子："初来时，是

一条黑胖汉，后来就变做一个长嘴大耳朵的呆子，脑后又有一溜鬃毛，身体粗糙怕人，头脸就像个猪的模样。食肠却又甚大：一顿要吃三五斗米饭；早间点心，也得百十个烧饼才彀。喜得还吃斋素；若再吃荤酒，便是老拙这些家业田产之类，不上半年，就吃个罄净。吃还是件小事，他如今又会弄风，云来雾去，走石飞砂，唬得我一家并左邻右舍，俱不得安生。又把那翠兰小女关在后宅子里，一发半年也不曾见面，更不知死活如何。"当孙悟空说："老儿你管放心，今夜管情与你拿住，教他写个退亲文书，还你女儿如何？"高老的回答竟然是："但得拿住他，要甚么文书？就烦与我除了根罢。"这是必欲置猪八戒于死地而后快了。

所以，猪八戒所认为的高翠兰对自己的感情、自己的能干足以遮盖自己的丑陋，自己致富兴家应该得到高太公一家的接受乃至感激，通通是他的一厢情愿。为什么每当猪八戒一说起"回高老庄"，我们就觉得特别搞笑？因为这里面的感情是错位的，猪八戒越是认真，我们就越觉得搞笑。

再说猪八戒的职场关系。

猪八戒刚刚加入取经队伍的时候，对于孙悟空这个大师兄，态度是不太友好的。最典型的例证，就是在"三打白骨精"中，他扮演着不太光彩的角色。白骨精前后三次分别变化成少女、老妇、老翁的形象靠近唐僧，结果都被孙悟空识破。前两次白骨精都借尸遁逃走，最后一次才被孙悟空打死。唐僧肉眼凡胎，不识妖魔，怪孙悟空妄杀平人。孙悟空说出真相，唐僧本已相信，就因为猪八戒的屡次撺掇，唐僧才改变了主意，念了几遍"紧箍咒"后，终于将孙悟空逐出取经队伍。在这次事件中，猪八戒对孙悟空的恶意是很明显的。特别是后两次，当唐僧已经说出要将孙悟空逐出取经队伍的话之后，猪八戒不是不知道再在师父面前说孙悟空坏话的后果是什么，但猪八戒还是说了。这就只能说明一点：他是铁了心地要抓住机会，将孙悟空赶出取经队伍。

猪八戒为什么会如此？一个重要的原因，是因为猪八戒最初把自己和孙悟空的关系设定成竞争关系。西天取经，最后是要论功封赏的，谁的功劳大，谁的功果就高。在广大读者看来，猪八戒那两把刷子，跟孙悟空怎能相比，但人最难得的是有自知之明。在取经的初期，猪八戒的心里也有"赶走孙悟空，我就是大师兄"的想法，直接的证据就是在孙悟空走后的那一段时间里，猪八戒是一副意气风发的样子。

但结果如何呢？很快，现实就无情地击碎了猪八戒的"大师兄梦"。化缘取水这样的小事，猪八戒应付起来已经捉襟见肘，而降妖除怪就更是猪八戒的噩梦。孙悟空走后，猪八戒遇到的第一个妖怪就是黄袍怪。因为黄袍怪掳走了宝象国公主，所以当国王听说猪八戒会降妖，立刻就发出了邀请。接到邀请后，猪八戒的内心充满了兴奋与激动，他一直为自己这几年生活在大师兄的阴影下而感到苦恼。如今有了这样一个露脸的机会，自然是满口答应。面对宝象国国王对他是否能降妖除怪的质疑，猪八戒卖弄了一番自己的神通，看着宝象国君臣那目瞪口呆的神情，猪八戒的内心充满了骄傲。但真到和妖怪较量时，猪八戒才发现，自己的本领比孙悟空差了十万八千里。尽管有沙僧相助，但他还是很快就感到体力不支。眼看难以取胜，猪八戒不敢再打下去，说沙僧你先和他打着，我去出个恭就来，说完就丢下沙僧，一头钻进草堆，再也不敢出来。沙僧措手不及，被黄袍怪一把抓住，捉进洞去。最后，要不是孙悟空在猪八戒的苦苦央求下重新回到取经队伍，西行求法的大业恐怕在这一回就宣告终结了。

但猪八戒的错误仅仅属于猪八戒吗？绝对不是。实际上高估自己，乃是人性中普遍存在的弱点。绝大多数人对世界的感受和真实世界之间是有一道鸿沟的，区别只在于这条鸿沟的宽窄和深浅。当这条鸿沟足够深、足够宽的

时候，一个人就往往在别人的心目中成为一个或可笑或可悲的角色。这也就是为什么希腊德尔菲神庙上的神谕"认识你自己"总是能够引起一代又一代哲人沉思的原因之一。猪八戒就是那种自我感觉良好，没有意识到自我感受的世界与真实世界之间那道巨大鸿沟的人，所以，他在处理人际关系时，就常常会表现出种种可笑之处。在这个意义上说，猪八戒犹如一面镜子，把这种偏差极其生动而具体地展现在我们面前。对照这面镜子，就能够帮助我们更好地认识自己。

君子之过

在《西游记》中，唐僧师徒的很多麻烦，都是因为唐僧肉眼凡胎、人妖不分，被妖怪利用了善心而造成的。比如，他和老鼠精的遭遇。

在此之前，唐僧其实有两次过不了自己的善心关，不听孙悟空的劝告而给自己和取经队伍造成巨大麻烦的经历了。一次是遭遇银角大王，另一次是遭遇红孩儿。要不是孙悟空费尽周章地施救，唐僧早就变成妖怪口中之食了。

那么，唐僧是不是因此就收起了自己的一片善心，听从孙悟空的劝告，觉得多一事不如少一事了呢？

答案是：并没有。比如，西游十三年的一个春日，师徒四人经过一片黑松林，忽然就听到前面传来女人"嘤嘤"的求救声。唐僧近前，原来是一个美貌妖娆的女人，被捆在一棵大松树下，下半截身子埋在土里，只有上半截身子露在地面。唐僧命猪八戒去解救那女子，猪八戒正要动手，被孙悟空及时喝住，说这女子乃是妖精所化，千万不要上当受骗。猪八戒看那女子长得好看，还要争竞，倒是唐僧说了："也罢也罢。八戒呵，你师兄常时也看得

不差。既这等说，不要管他，我们去罢！"孙悟空听唐僧这样说，非常高兴，大喜道："好了，师父是有命的了，请上马，出松林外，有人家化斋你吃。"而后就把那女妖撇在一旁，一路走了。

看起来，唐僧也是接受了前两次的教训，变得乖觉了。但这女妖也不是吃素的，她不动声色，把两句言语用一阵顺风，"嘤嘤"地吹在唐僧耳内："师父啊，你放着活人的性命还不救，昧心拜佛取何经？"

这两句话飘到唐僧耳内，一下子就击中了唐僧的软肋。他立刻勒住马，对孙悟空说："去救那女子下来罢！"孙悟空道："师父走路，怎么又想起他来了？"唐僧说："他又在那里叫哩。"唐僧道："他叫得有理。说道：'活人性命还不救，昧心拜佛取何经？''救人一命，胜造七级浮屠。'快去救他下来，强似取经拜佛。"孙悟空笑道："师父要善将起来，就没药医。你要救他，我也不敢苦劝你，劝一会，你又恼了。任你去救。"唐僧道："猴头莫多话！你坐着，等我和八戒救他去。"说完，就撇下孙悟空，和猪八戒重又走到那女妖面前，将其解救出来。而后，这女子就跟着唐僧师徒一路西行，先是在镇海禅林寺吃了几个小和尚，而后终于趁便将唐僧捉到了自己的陷空山无底洞。这老鼠精虽然只是个老鼠，但背景颇深，是托塔天王的干女儿；本领也颇为了得，与孙悟空交手，几乎不落下风；所住陷空山无底洞地形复杂，内有千洞万穴。为了解救师父，孙悟空又是一顿上天入地，费尽周折。

唐僧对妖精的态度，套用今天一句开玩笑的话，简直就是"妖精虐我千百遍，我待妖精如初恋"。面对自己面善心软的师父，孙悟空一句"师父要善将起来，就没药医"，就把那种"哀其不幸，怒其不争"而又无可奈何的态度表现得如在眼前；而绝大多数后世读者在说到唐僧时，不但接受了孙悟空的观点，把因善良而轻信妖精作为唐僧的一大缺点，更是用了"肉眼凡胎""人妖不分""愚蠢固执""可怜可恨"等狠话来形容唐僧，仿佛唐僧比那些妖精还可恨，好像他本身就是西天取经的最大障碍似的。

而这是有失公允的。

第一，轻信是人的本性。根据现代心理学的研究，大脑在接收信息的时候，会下意识地去理解它。心理学家丹尼尔·吉尔伯特指出："在理解一个陈述之前，大脑一定会先试图相信它。"这是大脑的一个特性，除非它没有关注到，否则无论是听到的信息还是看到的信息，大脑都会对其进行解读。对于大脑来说，只有理解了信息，才知道这信息对自己意味着什么，而在理解的过程中，信息就已经进入大脑，只要大脑没有追问"为什么""这怎么可能"等后续问题，没有对其真实性心生质疑，那么大脑就算接受了这个信息，将其默认为真实的。所以，当唐僧被骗时，我们并不能因此就简单判定唐僧是个傻瓜。

第二，特别是当"轻信"的原因是"善良"的时候，我们就更不能简单地嘲笑唐僧了。孔子在《论语·里仁》中有一句名言："人之过也，各于其党。观过，斯知仁矣。"意思是说，不同的人所犯的错误各有差别，察看人的过失，即可辨别贤愚。现实生活中的人，有谁能够不犯错误？但错误是不一样的。以上当受骗而论，多数人上当受骗，是因为内心的贪婪，被骗子利用了人性的弱点；但也有的人，本无贪婪之心，被人欺骗是因为本性良善，也相信人性的良善。对于前一种被骗，我们在表示同情的同时，也要规劝他们反省自身，天上不会掉馅饼，世上没有免费的午餐，贪小便宜很可能最后吃了大亏；对于后者，我们在同情之余，更要安慰他们，我们要谴责的是那些竟然利用人的善心去骗人的恶人，他们辜负了人性的光明与美好，他们不是妖怪而胜似妖怪，他们空有人身而实同禽兽。唐僧是被骗了，也确实因此给取经队伍造成了很大的麻烦，但他的过错是"好人之过"，虽令人遗憾，但绝不应被过度指责，更不应被冷嘲热讽。无论如何，善良都是一种美德，我们不应该因为善良受挫，就否认善良，甚而转向对冷漠与敌意的肯定。

第三，在实际生活中，选择善良，选择信任，大多并不比选择冷漠与怀疑的结局更差。人是社会性动物，离不开彼此的合作，而合作就需要信任。要想赢得最多的合作，对于这个世界就应当采取尽量广泛的信任。在能够保证自身基本安全的前提下，信任其实也是有其力量的：如果这个人是值得信任的，那么你的信任将对他产生巨大的激励，使得他更加投入地与别人合作完成一件事情；如果这个人是一个不值得信任的人，那么你给予他充分信任的时候，他就会胡作非为，他的破坏性就会暴露无遗。在这种情况下，信任就可以是一种有效的防御措施。

当然，我们绝不是因为要肯定唐僧，就鼓励人们去做轻信别人的牺牲品。善良也需要智慧和能力的加持。为什么孙悟空说："师父要善将起来，就没药医。"说来说去，就是因为唐僧经常好心办坏事，他的善良带来的常常是很大的麻烦。最理想的善良，应当是观世音菩萨式的：她有普度众生的慈悲，但与此同时，她又有霹雳的手段，足以拯救苦难的众生，以及消灭敢于冒犯她的任何妖魔鬼怪。

致命的倔强

倔强是一种正面的品质，我们能够在逆境下完成一件事，常常需要倔强的加持。孔子的一句"知其不可而为之"名扬四海，千百年来，不知曾打动过多少人的心灵。但万事都需有个尺度，不分情势、不计后果的倔强，不但毫无意义，还可能造成严重的后果。

《西游记》中的虎力、鹿力、羊力三位大仙，就是一个鲜明的例子。这三位大仙，因为曾在大旱之际替车迟国求来了一场大雨而受到上至国王、下至普通百姓的顶礼膜拜。他们本可以因有功社稷而过着养尊处优的日子，但就是因为无谓的倔强，不仅颜面无存，而且连性命都被白白断送。

对这三位大仙，孙悟空本无意剪除。一路上被孙悟空杀死的妖怪无非三类：要么想与唐僧结亲，要么想吃唐僧肉，要么作恶多端，而这三位大仙与此都不沾边。不但不沾边，他们还尽心尽力地以自己的法力护佑着车迟国的君臣百姓，让这里风调雨顺、国泰民安。客观地说，这三位大仙即便是妖怪，也是于社稷无害，于苍生有功的好妖怪。孙悟空到达车迟国，在云端远望后说的那句话"祥光隐隐，不见什么凶气纷纷"，其实也表明了孙悟空的态度。

那么，是什么原因导致了三位大仙的惨死呢？是他们无谓的倔强。有好几次机会，但凡他们理性稍存，也不会丧命。而他们任由倔强冲昏头脑，都不用孙悟空动手，便一个个自绝性命，把自己送进坟墓。

三位大仙最初的愤怒是可以理解的。孙悟空、猪八戒、沙僧大闹三清观，把塑像牌匾推倒，吃掉贡品，还各自撒了一泡尿，欺骗三位大仙说这是"圣水"让他们喝下。身为国师，被人砸了场子，脸面上自然过不去。但在比试求雨过后，这三位大仙就应该有所醒悟。自己求雨时毫无动静，但到孙悟空求雨时，眼见天空中雷声好似摇滚现场，闪电好似灯光秀，雨水好似洪水决堤，这是多么大的差距！即使他们没看到空中一个个神仙对孙悟空点头哈腰那一幕，就凭孙悟空有本事让这些神仙在雷雨过后停留在车迟国上空，也应该意识到，孙悟空的实力远远不是自己这三个野路毛神能比的。

但三位大师的倔强劲儿上来了。他们不但不服气，还请求继续比赛，于是就有了接下来的文武两轮比赛。在比赛中，有好几次机会，三位大仙是可以及时止损的。比如，在"文比"中，有一个隔板猜物环节。在这个环节中，先是王后把一套"山河社稷袄、乾坤地理裙"放到木柜之中，等到打开的时候，一套名贵的衣裙，已经被孙悟空变成了"破烂流丢一口钟"。而后国王自己动手，将一枚仙桃放在木柜之中，孙悟空爬进柜子，三两口就把仙桃啃得干干净净，等到柜门打开的时候，里面仅剩下一枚桃核。再后来，虎力大仙当着国王的面，把一个小道童放在柜子里面，孙悟空进去，剃掉了小道童的头发，等柜门打开，从柜子里走出来的已经是一个光头小和尚。虎力大仙当然知道自己放的究竟是什么东西。他放的东西在眼皮子底下被人动了手脚，而自己却一无所知，这只能说明对方的本领远远在自己之上。所以，与其说孙悟空是在和几位大仙玩隔板猜物的游戏，还不如说孙悟空就是在赤裸裸地耀武扬威。国王读懂了孙悟空的潜台词，所以三番五次地劝说几位大仙："国师，休与他赌斗了，让他去罢。寡人亲手藏的仙桃，如今只是一核子，是甚人吃了？想是有鬼神暗助他也。""这和尚是有鬼神辅佐！怎么道士入柜，就变做和尚？——国师啊！让他去罢！"可惜的是，正在气头上的三位大仙居然又提出砍头、剖腹、下油锅的"武比"，结果虎力大仙身首异处，鹿力大仙被开膛破肚，羊力大仙最惨——成了油炸野味。

倔强并非全无可取之处，但如果我们不能理性分析情势，任由其填满胸臆而使自己丧失理性，那就是取祸之道了。纵是能呼风唤雨的大仙，也有遇上孙行者的一天，更何况我们普通人呢?

求助的艺术

　　孙悟空喜欢搬救兵，而且特别喜欢搬观世音菩萨做救兵，每一位读过《西游记》的读者都会对此留下深刻的印象。明末清初的小说理论天才金圣叹对《西游记》发表过一则评论："《西游记》每到弄不来时，便是南海观音救了。"语气中的不以为然，隔着三百多年的时空，我们依然能够感受得到。

　　金圣叹对《西游记》的评论对吗？回答是：只对了一半。对的那一半是，孙悟空确实经常会有"弄不来"的时候，而"弄不来"时，他也确实经常会找观世音菩萨求救；错的那一半是，他所求助的对象绝非观世音菩萨一人，而求助他人也并非只是在他"弄不来"时。在很多时候，明明孙悟空是可以自己"弄得来"的，但他还是会选择去找观世音菩萨或其他大神求助。这绝非孙悟空无能，而是出于一种比独立自主、万事不求人更为高级的智慧。

　　比如，在祭赛国，唐僧师徒就遇到了大名鼎鼎的九头虫。九头虫是碧波潭老龙的女婿，偷了祭赛国的国宝舍利子，结果让整座寺庙的和尚为他背黑锅。孙悟空替和尚打抱不平，带着猪八戒到碧波潭捉拿妖怪，孙悟空与九头虫展开争斗，猪八戒前来助阵，结果被九头虫逼出原形：一只长有九个脑袋的怪虫，一口将猪八戒咬住。孙悟空潜入龙宫，打死老龙，救出了猪八戒。正在二人商议下一步举措时，正好碰上打猎路过的二郎神和他的梅山七兄弟。孙悟空当即就让猪八戒去约见二郎神，请二郎神帮忙。二郎神慨然应允。当天晚上，孙悟空和二郎神开怀畅饮，第二天一早，即兵合一处，前往碧波潭收妖。万圣老龙的儿子、孙子先后被猪八戒等人打死，九头虫现出原形，伸出一个脑袋要咬二郎神，被二郎神的细犬一口咬下，九头虫负痛，带着剩下的八个脑袋逃之夭夭。孙悟空变作九头虫的模样，进入碧波潭，从龙女处骗得舍利子佛宝和九叶灵芝后现出本相，龙女来抢，被猪八戒一把打死。如今老龙一家，只剩下一个龙婆。孙悟空和猪八戒捧着宝贝，押着龙婆，来到祭赛国，将佛宝安放于宝塔之中，宝塔顿时恢复了旧日光彩。孙悟空饶恕了龙婆的性命，让她永远看守宝塔。

孙悟空为什么要请二郎神帮忙？我们来听孙悟空的解释。孙悟空远远看到打猎路过的二郎神，当即对猪八戒说："那是我七圣兄弟，倒好留请他们，与我助战。若得成功，倒是一场大机会也。"这个"大机会"是什么？难道是九头虫太厉害，孙悟空和猪八戒敌不过他，正好搬取救兵的机会吗？绝对不是。在《西游记》中，九头虫其实并不是了不起的大魔头，他的老丈人是碧波潭的老龙，手下更是一帮不堪一击的乌合之众。在二郎神来到之前，孙悟空和猪八戒已经把老龙打死，只不过没有乘胜追击而已，场面上是完全占了上风的。就连二郎神自己听了孙悟空叙述的过往经过，都说你们为什么不正好与他攻击，却不连窝巢都灭绝了。

那么这个"大机会"是什么？其实很简单，就是与二郎神摒弃前嫌，建立交往的机会。这里面其实蕴含着一个人际交往的重要智慧。在人际交往中，一般人会将交往的双方分为两个角色：索取者与给予者。一般情况下，我们的文化在给予与索取之间，往往对给予者有着更高的褒扬。这种褒扬的态度，甚至就直接体现在汉语词汇之中。比如，倒酒的器具叫作"樽"，发音和尊贵的"尊"是相同的；盛酒的器具叫作"杯"，发音和卑贱的"卑"是相同的。这其实暗暗隐藏了一种意思，就是给予者是尊贵的，而接受者是卑贱的。在这种文化背景的影响下，那些有着更高自尊的人，往往更愿意付出而不愿意接受，他们在付出时感受到的快乐要远远高于他们在接受的时候感受到的快乐。总体来说，这种自强不息、自力更生的精神是值得赞美的。但是，我们总是做给予者，是不是就一定正确呢？回答是：不一定。在很多时候，索取本身就是给予，很多给予就是以索取的方式表现出来的。这里面蕴含着两个人心的秘密：第一，人都是有自尊心的，也希望自己的价值能够得到他人的承认和尊重，你放低身段请别人帮忙，本身就是对对方价值的最大尊重。第二，人们在付出的同时，也希望得到回报。从这个意义上说，你求助对方，就创造了报答对方的契机，也创造了一个彼此交往的机会。孙悟空向二郎神求救时，就是用索取的方式与其建立一种密切合作的关系。请别人帮自己一个能够胜任的小忙，在很多时候，是最好建立友谊的方法。

这种智慧，也体现在其他民族与国家的一些谚语或经典之中。西方有句谚语是：索取是最好的给予。而诞生在古代印度的佛教，更是将这一独特的充满智慧的思维方式发挥到了极致。印度的僧侣都是以乞食为生的，这样做的一个重要原因就是，要呼唤起那些施与者的布施心、慈悲心。他们虽然索取的是一钵饭，但给予对方的则是对于生命的反思与觉悟。

人与人之间的相处，一味索取当然不好。但万事不求人，只施不受，其实也不好。在很多时候，接受别人的施予，甚至主动谋求对方的帮助，本身就是一种给予——你索取的是对方的帮助，给予他的则是价值感的满足。这是一种更高级的智慧，个中况味，值得我们深思。

温柔天下去得，刚强寸步难行

　　在孙悟空最早的性格词典里，是找不到"示弱"这个词的。自从孙悟空学成大道，离开了须菩提祖师，指导孙悟空的行为准则就是所谓的"强者为尊"。在这个处世哲学的指导下，即使他缺少什么，也是以自己的实力为基础的索要，而非放低身段的求助。

　　一个典型的例子就是，他当初缺少一个趁手的兵器，而到东海龙宫的索要兵器的行动。孙悟空来到水晶宫，巡海夜叉问他姓名，好去通报龙王，孙悟空自报家门，说自己是"花果山天生圣人孙悟空"，那口气真的是狂妄已极。当他试遍了龙宫的兵器，终于得到了如意金箍棒时，又得寸进尺，定要一套披挂，理由是"当时若无此铁，倒也罢了；如今手中既拿着他，身上更无衣服相趁，奈何？你这里若有披挂，索性送我一副，一总奉谢"。老龙说没有，悟空的回答是："真个没有，就和你试试此铁。"这是赤裸裸的武力威胁，老龙一片好心给他兵器，反倒成罪过了。最后的结果是老龙只好敲起铁鼓，将其他三海的龙王招来，你脱鞋，我脱衣服，他摘帽子，现凑了一套衣甲，才算把孙悟空打发出门。我们在读《西游记》的时候，读到这一段，往往会觉得挺有意思，这主要是因为《西游记》的主人公是孙悟空，作者是贴着孙悟空的心来写的，所以读者当然也就会贴着孙悟空的心来读。假如我们站在客观而中立的立场，恐怕谁都不会欢迎孙悟空这样一个强取豪夺的邻居登门拜访吧。

孙悟空的性格开始发生变化，是从他败给如来，被镇压在五行山下，经过了五百年的反思之后。那天，观世音菩萨接受了如来的嘱托，带着木叉到东土寻访取经人，路过五行山，看到山顶如来的压帖，于是就议论起了孙悟空当年大闹天宫，最终被如来镇压的往事。孙悟空听到议论，在山脚下高声喊叫，将观世音菩萨和木叉吸引了过来。观世音菩萨见到孙悟空，开口问道："姓孙的，你认得我么？"孙悟空回答："我怎么不认得你。你好的是那南海普陀落伽山救苦救难大慈大悲南无观世音菩萨。"孙悟空请观世音菩萨搭救，菩萨说："你这厮罪业弥深，救你出来，恐你又生祸害，反为不美。"孙悟空回答："我已知悔了。但愿大慈悲指条门路，情愿修行。"在所有这些对话中，我们都可以感受到孙悟空的柔软。孙悟空为什么会发生这样的变化呢？当然是因为他在如来那里吃了大亏。这个大亏告诉孙悟空一个道理，他并非如自己想象的那样天下无敌。"强者为尊"的处世哲学执行不下去了，"服软"自然也就进入了孙悟空的观念之中。

等到真的走上护送唐僧取经的西行之路，孙悟空就更加意识到自己绝不是万能的了。在西行路途上，孙悟空遇到妖怪，在和对手开打之前，经常会通报一下自家的名姓，吹嘘一下自己当年大闹天宫的英雄事迹。这里面当然有快速解决问题的考虑——"不战而屈人之兵，善之善者也"，能动嘴解决问题，为什么非动手不可呢？但更重要的还是自尊心、虚荣心在作怪。这也没什么奇怪的。正常的人性就是如此，炫耀和虚荣乃是人类的本能。我们在和别人交往的时候能够敏锐地发现这一点：你和别人聊天，说不上三句话，他就会把自己最得意的事情告诉你。对于这一点，老百姓有一句俗话说得特别好，叫作"老母猪想起万年糠"——老母猪吃过一顿糠，万年后还是口有余香，时不时想起来就要和别人说说。但效果如何呢？答案是：很不好。当孙悟空在信心满满地说出自己姓名的时候，受到的经常是对方的一通奚落。比如，黑风山上的黑熊精。因为孙悟空的虚荣心，撺掇唐僧将锦襕袈裟拿出来在金池长老面前炫耀，就导致了后来金池长老和徒弟打算烧死唐僧师徒、强夺袈裟，反被孙悟空借火烧死的事情。唐僧虽然安然无恙，但袈裟却被前来救火的黑熊精偷走。孙悟空前去讨要，黑熊精不给，双方于是大打出手。交手之前，黑熊精问他是谁，有什么手段。孙悟空回答说，我是孙悟空，要问我的手段，说出来让你魂飞魄散。接着，就把自己当年如何大闹天宫等光荣事迹说了一遍。黑熊精静静听他说完，然后笑了，说："你原来是那闹天宫的弼马温么？"

人家不买账倒还在其次，关键在很多时候，孙悟空真的是打不过对方。比如黑熊精，孙悟空和他打了几乎整整一天，也没有占到半点便宜。而随着时间的推移，孙悟空遇到的敌手就更多了。像青牛怪、牛魔王、黄眉大王、金翅大鹏，都是凭孙悟空的实力无法单独战胜的。

在经历了许多妖魔，明白了"强中自有强中手"的道理之后，孙悟空看待这个世界的方式就有了很大的改变。孙悟空把这个观念明确说出，是在陷空山无底洞与猪八戒的对话。唐僧被老鼠精劫走，孙悟空、猪八戒打听到陷空山无底洞的方位，前去解救唐僧。到了无底洞附近，孙悟空派猪八戒前去探路，猪八戒在山头上遇到了两个打水的女子。这里有一段幽默风趣的描写，就是猪八戒看到这两个女子后，直接上前叫了一声："妖怪。"这两个女人还真是妖怪。这就奇怪了，猪八戒又没有孙悟空的火眼金睛，怎么一眼就能看出两个女人是妖怪？原来他看到这两个女子头戴一尺二寸高的篾丝髲

髻，甚不时兴。所谓"鬏髻"，是古代女人的一种头饰，用头发、金属丝、竹篾等编成，是已婚妇女经常佩戴的一种装饰，其大小高低也会随时代而有不同的流行样式。猪八戒从一个过时的头饰就能看出这两个女人是妖怪，其实表明的是作者的审美观点，也就是说在作者的眼中，这种高高的头饰看起来根本不好看，怪模怪样，像妖精一般。两个妖怪听见猪八戒这么说她们，非常生气，互相说道："这和尚惫懒！我们又不与他相识，平时又没有调得嘴惯，他怎么叫我们做妖怪！"于是，她们抡起抬水的杠子，劈头就打。

猪八戒手中没有兵器，遮架不得，被她们打了几下，捂着脑袋跑上山来。孙悟空问知原委，笑着说打得还少。猪八戒说，脑袋都打肿了，你还说少。然后孙悟空就说了一段话："温柔天下去得，刚强寸步难行。他们是此地之妖，我们是远来之僧，你一身都是手，也要略温存。你就去叫他做妖怪，他不打你，打我？'人将礼乐为先。'"猪八戒说，这个我却不晓得。见猪八戒不晓得，孙悟空就又说，你自幼在山中吃人，你晓得有两样木头吗？一样是杨木，一样是檀木。杨木性格甚软，便于雕琢，能工巧匠于是就把杨木拿来，雕刻成圣贤佛菩萨的样子，装金上粉，万人烧香礼拜，受了多少无量之福。那檀木性格刚硬，油坊里取了去做柞撒，使铁箍箍了头，又使铁锤往下打，只因生性刚强，所以受此苦楚。最后孙悟空又给猪八戒提出建议：你到跟前，行个礼。看她多大年纪，如果和我们差不多，叫她声姑娘，如果比我们老些，叫她声奶奶，然后再套她的话。猪八戒听了孙悟空的话，再次前去探路，称呼人家"奶奶"，而这次果然就受到了很好的礼遇，两个女妖随口就把老鼠精准备招亲唐僧的重要信息透露给了猪八戒。

"温柔天下去得，刚强寸步难行""人将礼乐为先""你一身都是手，也要略温存"，这些话语，对中国人而言都是耳熟能详的，没有什么可值得奇怪的。值得奇怪的是，这番话居然是从孙悟空口中说出的。孙悟空给我们留下最深刻的印象，恐怕就是他那点火就着的爆脾气，但如今却说出一段充满阴柔色彩的话语，特别是他拿山中的杨木与檀木所打的那两个比方，简直就是老子《道德经》中"万物草木之生也柔脆，其死也枯槁。故坚强者死之徒，柔弱者生之徒"这一番话的翻版。这说明孙悟空的思想性格发生了深刻的变化，他已经越来越成熟了。

菩萨心肠与霹雳手段

　　一提到观世音菩萨，我们头脑中反应出来的第一个词恐怕就是"大慈大悲"。这个印象当然是对的。本来，菩萨的意思就是"觉有情"，他／她是已经觉悟了的众生，其没有成佛的原因，只是因为还割舍不下对众生的悲悯同情而已。在这些菩萨中，对众生怀有慈悲心最大的，又莫过于观世音菩萨了。她遍观大千世界，众生的悲苦就是她的悲苦，众生的喜悦就是她的喜悦。也正是因为如此，她在中国的信众特别多。

　　在《西游记》中，有这么一个情节，却与人们的普遍印象有些不同。

　　那是在《西游记》第四十二回，孙悟空假冒牛魔王混入火云洞，结果被红孩儿识破。好在此时的孙悟空身体已经恢复得差不多了，于是驾筋斗云来到南海，向观世音菩萨求救。菩萨以净瓶装了半海之水，又向李天王借来三十六把天罡刀，变作一个莲台，腾身莲台之上，随孙悟空欣然前往。她先以净瓶水浇灌号山，预先破了红孩儿的三昧真火。当红孩儿不知死活地端起火尖枪刺向观世音菩萨的时候，观世音菩萨便闪在空中，那座由天罡刀变成的莲台就留在了地上。待红孩儿坐到了莲台中间，一座莲台顷刻间就变成三十六把尖刀，红孩儿就坐在刀尖之上。观世音菩萨命木叉用降魔杵打天罡刀的刀柄，刀尖随即从红孩儿的两腿穿出："那妖精刀穿两腿，血流成江。你看他咬着牙，忍着痛，丢了长枪，用手将刀乱拔。菩萨见了，又把杨柳枝垂下，念声咒语，那刀都变做倒须钩儿，狼牙一般，莫能褪得。"红孩儿哀告求饶，表示情愿入门修行；但观世音菩萨刚刚退下天罡刀，红孩儿就再次野性发作，端枪刺向观世音菩萨。观世音菩萨侧身躲过，掏出一个金箍儿，迎风一晃，变作五个，套在红孩儿的脖子和手脚上，随即开始念咒。这一次，红孩儿才算是彻底被降服了。而后观世音菩萨又将红孩儿的双手合在一起，用观世音菩萨的话来说，就是这红孩儿虽已降服，但野心未定，要教他一步一拜，直到落伽山上，才能收法。

想象这个场景吧——怎么看观世音菩萨都是个狠角色，不怎么慈悲啊。于是我们的问题来了：《西游记》作者的构思，是不是和观世音菩萨大慈大悲的人物设定冲突呢？

答案是：并不冲突。佛教中有个很微妙的看法，只要怀有慈悲，不起嗔恨之心，威就是德，大威就是大德，制恶伏恶就是导善行善。关于这一点，中国近代名将胡林翼有副对联，把这个道理说得特别透彻，那对联是："用霹雳手段，显菩萨心肠。"胡林翼这话是送给他的老师曾国藩的。曾国藩平定太平天国之乱时杀人如麻，对手甚至赠了他一个"曾剃头"的绰号。作为儒者出身的知识分子，曾国藩也时常为自己杀人过多而感到痛苦，所以，当他读过胡林翼的对联后，顿时热泪盈眶。胡林翼话中的道理是深刻的：霹雳手段不是菩萨身上可有可无的点缀品，而是菩萨慈悲的先决条件；没有霹雳手段，菩萨的慈悲就成了无用的妇人之仁。

还有一点要说明的是，红孩儿并非"正宗"的善财童子。"正宗"的善财童子来自佛经。根据《华严经》的记载，他是福城中长者五百童子之一。

他出生的时候，家里自然涌现出许多奇珍异宝，所以取名叫"善财"。不过他虽然是典型的"富二代"，却对金钱没有什么兴趣，而是一心发誓要成就道业。文殊菩萨在福城说法时，善财前往请教修行的道理，文殊菩萨告诉他，最好的方法就是参访那些真正的善知识，聆听他们的教诲，获得智慧的开示。在文殊菩萨的鼓励下，善财开始了自己的访学之路。他先后参访了德云比丘、善见比丘、观世音菩萨、明智居士等五十三位不同的善知识，听受种种法门，最后到达普贤菩萨的道场，证入无生法界，自身也成为菩萨。所谓"五十三参"，就是参访了五十三位善知识的意思，而不是像《西游记》说的让红孩儿一步一拜，一路参拜到落伽山。它强调的是孜孜不倦追求佛法奥义的精神，以及在修道过程中善于向他人学习的重要性，而并非佛菩萨降服野性的广大法力。不过，因为《西游记》的影响力太大，以至于今天的中国人一说起"善财童子"，就认为是牛魔王的儿子，而善财童子的本来面目，反而被淹没了。这样看来，文学的力量真是不可低估啊！

舍得与放下

海外寻仙，是孙悟空一生最重要的选择之一。在一次酒宴上，他听说海外有仙、佛、神圣三者可以长生不死，当即便决定舍弃王位，出海寻访。正是这个选择，使得孙悟空"跳出三界外，不在五行中"，从此摆脱了生死轮回，成为自己生命的主宰。

孙悟空作出这一选择的契机是因为酒席上得到的一条信息。那天，孙悟空正在和一群猴子喝酒、吃水果。酒至半酣，忽然悲从中来，泪流满面。众猴慌忙罗拜道："大王好不知足！我等日日欢会，在仙山福地，古洞神洲，不伏麒麟辖，不伏凤凰管，又不伏人间王位所拘束，自由自在，乃无量之福，为何远虑而忧也？"孙悟空的回答是："今日虽不归人王法律，不惧禽兽威福，将来年老血衰，暗中有阎王老子管着，一旦身亡，可不枉生世界之中，不得久注天人之内？"

孙悟空的一席话，也引起了其他猴子的悲哀。不过，在这一片悲声中，一只通臂猿猴站了出来，厉声高叫道："大王若是这般远虑，真所谓道心开发也！如今五虫之内，惟有三等名色，不伏阎王老子所管，乃是佛与仙与神圣三者，躲过轮回，不生不灭，与天地山川齐寿。"猴王道："此三者居于何所？"猿猴道："他只在阎浮世界之中，古洞仙山之内。"

摆在孙悟空面前的是两个选项：要么过一日算一日，抓紧时间及时行乐，等待死亡的来临；要么孤注一掷，海外寻仙，寻个长生不老的法门。

孙悟空当机立断，作出了自己的选择："云游海角，远涉天涯，务必访此三者，学一个不老长生，常躲过阎君之难。"第二天，他与众猴子喝了一天的酒。第三天，他就驾起一只小木筏子，独自出海，踏上了茫茫的寻仙访道之路。而这一去，果然就找到了须菩提祖师，学成非凡本领，超凡入圣，长生不老，其原有的生命轨迹，得到了根本性的扭转。

海外寻仙，既然是孙悟空一生中最重要的选择之一，那么，孙悟空作出这样的选择，是因为别的猴子不知道海外仙山的信息吗？答案是：肯定不是。以给孙悟空提出建议的那只通臂猿猴为例，他既然能给孙悟空提出海外寻仙的建议，就自然知道这个信息。但是，他自己为什么不将所知化为行动呢？唯一的解释就是他害怕会死在寻仙访道的路上，如果那样的话，还不如留在花果山上，至少还能多活些日子。孙悟空与通臂猿猴的想法不同。此时的他，虽然已贵为猴王，但他知道，遵循原有的生命轨迹，见阎王是板上钉钉的事情。两相比较，海外寻仙虽然大概率是去找死，但九死一生，总好过留在花果山等死。

孙悟空和通臂猿猴的差别，说到底，就是两者看待这个世界的态度不同。孙悟空的态度，用中国的老话说，叫作"舍得"，也就是有舍才有得；而通臂猿猴的态度，就是典型的"舍不得"，因为不舍，所以也就不得。用更为现代性的话语来表述，就是孙悟空的思维方式是"增量思维"，而通臂猿猴的思维方式则是"存量思维"。而"增量思维"的特点是将目光集中在未来，看重的是变化可能带来的收益，所以拥抱变革；"存量思维"的特点是将目光集中在已经有的东西上，唯恐失去，所以害怕变革。

美国作家亨利·戴维·梭罗在《瓦尔登湖》中，曾经讲过某个印第安部落的习俗。这个部落每年在熬过漫长的冬天之后，都会举行一个仪式：把这个部落的所有资产，包括帐篷，以及一些日常用品，通通放一把火烧掉，然后他们就围着这堆火跳舞，庆祝过去的东西毁于灰烬。梭罗说，这个仪式，正说明了原始部落精神上的强健。

孙悟空就是这样，带有一种真正强健的精神，敢于打碎自己旧有的一切，再替自己打造一个全新的未来。

普通人的自我实现

马斯洛的"需求层次理论"是最近一百年来心理学方面最重要的基础理论之一，它把人的需求做到了目前为止最为清晰又令人信服的层次划分。按照马斯洛的"需求层次理论"，人的需求可以由低到高分为五个层次：最低的是生理需求，如吃饭睡觉等；往上依次为安全需求，如人身安全、健康保障等；归属需求，如亲情、友情、爱情等；尊重需求，如信心、尊重等；最高级的则是自我实现的需求，如道德感与使命感等。

在这些层次中，越低的需求越容易满足；越高的需求则越难以实现，正因为如此，马斯洛才用了一个金字塔的形状对这些层次进行描绘。而在这个金字塔结构中，处于顶端的就是"自我实现"了。

可想而知，要想实现自我，难度该有多大！但是，作为普通人的你我，是不是就没有实现这个目标的可能性了呢？

那倒也不是。沙僧的经历告诉我们，作为普通人，还是有自我实现的可能的，它的途径就是超越自我，成为一个比自己更大的、自己认为有意义的东西的一部分，也就是英文所谓"To be a part of something bigger than yourself"。

　　沙僧的情况，正是我们普通人的真实写照。

　　沙僧地位不高。众所周知，沙僧在天庭的工作就是所谓的"卷帘大将"。那么，这个"卷帘大将"是个什么级别的将领呢？少将？中将？说出来你可能会笑掉大牙——他就是个卷帘子的。沙僧的日常工作就是每天穿得盔明甲亮，腰里别着虎头牌（出入证），手里拿着降妖杖，跟随在玉皇大帝的身边，玉皇大帝上下轿时，他就去为玉皇大帝卷个帘子，其地位和当年的孙悟空、猪八戒，绝对是不可同日而语的。

　　沙僧本领低微。以他与黄袍怪的打斗为例。孙悟空与黄袍怪交手，二十个回合左右就取得了优势。猪八戒、沙僧联手对付黄袍怪，八九个回合下来，二人就气力难支；而后猪八戒退出战斗，留下沙僧独自面对黄袍怪，只一个回合就被黄袍怪捉住。

　　沙僧命运悲惨。在一次蟠桃会上，沙僧失手打破了玻璃盏，结果引得玉皇大帝大怒。按照玉皇大帝的意思，当时就要判处沙僧死刑，立即执行，幸亏赤脚大仙求情，玉皇大帝才收回成命，将沙僧打了八百鞭，贬到鸟都不拉屎的流沙河。这还不算完，每隔七天，天庭还会降下飞剑，穿他胸肋百余次。

　　一言以蔽之，他是那种走到哪里都会被忽视，随时可以作为杀鸡儆猴的"鸡"那样被牺牲掉的无足轻重的人。但就是这样一个本领轻微、命运多舛的人，最后却取得了令人艳羡的成就。按照《西游记》最后一回的说法，他被封为"南无八宝金身罗汉菩萨"——菩萨啊，这是极高的果位了。

　　沙僧凭什么能取得成功？无非有以下两点。

　　一是能摆正自己的位置。

　　在取经队伍的几名成员中，沙僧的本领低微。与之相应地，沙僧在取经队伍中担任的工作也是最不起眼的。取经队伍建立之初，几个师兄弟的分工还不明确，典型的场景就是在流沙河遇到沙僧的那一幕：孙悟空守住唐僧，反倒是猪八戒举耙上前和沙僧战在一处。后来，随着大家的互相了解，就形成了固定的分工：孙悟空降妖，猪八戒挑担，沙僧牵马。换言之，沙僧在取经队伍中，实际上担任的还是随身服侍领导的老本行，只不过在天上侍候的是玉皇大帝，跟随在玉皇大帝的銮舆也就是轿子左右；在西行路上，则是侍候唐僧，对唐僧鞍前马后罢了。

对于自己的本领和身份角色，沙僧是有着清醒认识的。正是出于这种认识，他采取了一种极为低调的处世态度。坊间有一个关于沙僧的流行笑话是这样说的，沙僧在《西游记》中只有三句台词："大师兄、二师兄，师父被妖怪抓走了。""大师兄，师父和二师兄被妖怪抓走了。""师父、二师兄，大师兄一定会来救我们的。"——这三句台词分别对应着三个情境：只有师父被抓走；师父和猪八戒被抓走；师父、猪八戒，以及自己都被抓走。这当然是玩笑话，不过玩笑话里透露着一个本质的信息，那就是沙僧在取经队伍里很少说话，也是最为低调的那一个。

二是坚韧与持守，以及关键时刻经得起考验的品质。

在取经队伍中，要说对取经大业最上心的人，除了唐僧，恐怕就是沙僧了。在三个师兄弟中，猪八戒说过散伙回高老庄；孙悟空说过散伙回花果山；唯有沙僧，从来没有说过回流沙河重新做妖怪的话。在关键时刻，沙僧甚至可以做出牺牲生命的壮举。那是在碗子山波月洞，黄袍怪捉住唐僧，结果被黄袍怪的妻子也就是宝象国的公主百花羞求情放走。百花羞托唐僧给父亲捎去一封书信，请父王解救自己，宝象国国王恩请猪八戒、沙僧出手。两个人与黄袍怪动起手来，发现自己根本不是他的对手，猪八戒逃走，沙僧则被黄袍怪一把抓回洞中。黄袍怪断定是百花羞有书信给宝象国国王，于是一手拿刀，一手揪着百花羞的头发与沙僧对质，只要沙僧说出百花羞的名字，公主就将命丧黄泉。沙僧明知是百花羞有书信给国王，但他心中暗想："分明是他有书去。——救了我师父。此是莫大之恩。我若一口说出，他就把公主杀了，此却不是恩将仇报？罢！罢！罢！想老沙跟我师父一场，也没寸功报效；今日已此被缚，就将此性命与师父报了恩罢。"接着就说出了一番极其雄壮的话："那妖怪不要无礼！他有甚么书来，你这等枉他，要害他性命！我们来此问你要公主，有个缘故。只因你把我师父捉在洞中，我师父曾看见公主的模样动静。及至宝象国，倒换关文，那皇帝将公主画影图形，前后访问。因将公主形影，问我师父沿途可曾看见，我师父遂将公主说起，他故知是他儿女，赐了我等御酒，教我们来拿你，要他公主还宫。此情是实，何尝有甚书信？你要杀就杀了我老沙，不可枉害平人，大亏天理！"

毫无争议，沙僧是取经队伍中最不起眼的那一个。他出身卑下，本领低微。但就是这么一个出身卑下、本领低微的人，投身到取经大业之中，任劳任怨、不离不弃，靠着自己的毅力和坚忍，最终也走到灵山，被封为罗汉，果证了金身。在这个世界上，猪八戒那般有中等本领的人已经不多，像孙悟空那般有大本领的人就更是凤毛麟角，包括你我在内的绝大多数人都是如沙僧那样的普通之人。作为普通人，该怎样实现自己的人生价值？沙僧的经历，给予我们以最朴素而深刻的启示：找到一件对的事情，加入到一个对的队伍中，成为一项伟大事业的组成部分，然后恪尽本分，坚忍持守。

最后，还是借用"To be a part of something much more bigger than yourself"这句话。这是我们普通人超越卑微、实现自我、纳入永恒的最佳途径。

忠道与恕道

　　西游十五年的初夏，唐僧师徒走到铜台府。这铜台府有个六十四岁的寇员外，他在四十岁时发下宏愿，要斋满一万个和尚（通俗地说，就是要请满一万个和尚吃饭），如今只差四个，所以他一见唐僧师徒四人到来，真有喜从天降之感，便将师徒四人留在家中，好茶好饭，热情款待。因为唐僧取经心切，所以勉强在寇员外家住了半个月，正要动身，寇员外的夫人、两个儿子又站了出来，说那半个月是寇员外的功德，他们还要以自己的名义，各自再供养唐僧师徒半个月。

　　寇员外一家对唐僧师徒，可以说是热情到了极点。但是，这热情的结果是什么呢？是徒增了唐僧的烦恼和取经队伍成员之间的矛盾。当十五天的佛事终于做完，唐僧恨不得立马登程时，寇员外又提出挽留一事。在寇员外家吃得心满意足的猪八戒也建议干脆再住几日再走。面对寇员外时，唐僧不好发作，见猪八戒又来捣乱，唐僧登时就怒了："你这夯货，只知要吃，更不管回向之因，正是那'槽里吃食，圈里擦痒'的畜生！汝等既要贪此嗔痴，明日等我自家去罢。"甚至走出寇员外家，当猪八戒再次说起寇员外家的饭

190

菜，抱怨该多住几日的时候，唐僧还是余怒未消："泼孽畜，又来抱怨了！常言道：'长安虽好，不是久恋之家。'待我们有缘拜了佛祖，取得真经，那时回转大唐，奏过主公，将那御厨里饭，凭你吃上几年，胀死你这孽畜，教你做个饱鬼！"翻遍整部《西游记》，唐僧说话这么粗鲁的，只有这一次。

寇员外的一片好心，为什么会惹来这么一场不愉快？原因就在于寇员外不懂得恕道。

在中国的文化传统中，"恕道"和"忠道"是联系在一起的，这两点就是孔子所特别重视，甚至将其视为本学派根本特征的"忠恕"。他到底重视到什么程度？我们只要看一段孔子和他的学生的对话就可以了解。在《里仁》篇，孔子对曾子说："参乎，吾道一以贯之。"（曾参啊，我讲的道是由一个基本的思想贯彻始终的）曾参的回答是："唯。"（是）孔子出门之后，门人就问曾参："何谓也？"（老师说的是什么意思）曾参说："夫子之道，忠恕而已矣。"（老师的道，就是忠恕吧）

那么，"忠"和"恕"又是什么意思呢？孔子自己作出了解答。所谓"忠"就是"己欲立而立人，己欲达而达人"；所谓"恕"，就是"己所不欲，勿施于人"。这二者其实都是孔子所推崇的"仁者爱人""推己及人"的具体化。不过，"忠"是就积极方向而言，"恕"是就消极方向而言。这里的"积极""消极"都是中性词。在这二者中，"恕"又是最基本的，用现代话语来表述，就是它保证了我们不被强迫的自由。所以，当子贡问孔子："有一言而可以终身行之者乎？"孔子就作出了"其恕乎！己所不欲，勿施于人"的回答。

回过头来说寇员外。在"忠道"方面，寇员外是没问题的，他喜欢出风头，所以也就竭力以大出风头的方式款待唐僧师徒。但在"恕道"方面，他是大有问题的，既然他不愿意被别人强迫做自己不愿意做的事情，那么也就不应该勉强挽留唐僧，而应该在奉过一顿斋饭后，立刻放唐僧前往他心心念念的灵山。

这个世界上的许多事情就是这样，你捧出的是一颗好心，但收到的却可能是一个坏结果。比如，油比水好，但按着牛头喝油，不如让它自己喝水。又如，宝钗明明是个好姑娘，却硬被安排给宝玉，哪怕宝钗对宝玉再好，宝玉的感觉依然是"纵然是举案齐眉，到底意难平"。

不勉强别人，是对待一个人最好的方式，也是对对方最大的尊重。

善心与妄念

唐僧师徒走到天竺国铜台府地灵县的时候，受到寇员外一家的盛情款待。按照唐僧的意思，是一顿斋饭之后马上起身，但寇员外拼死不放，于是师徒四人在寇员外家一住就是半个月。半个月后，寇夫人又提出，自己要以私房钱再斋供唐僧师徒四人半个月，唐僧坚决拒绝，这就引起了寇夫人的恼怒。寇员外见唐僧去意已决，只好放行。临别之时，寇员外大办宴席，遍请宾客；师徒四人上路之时，寇员外又是一路经幡蔽日，鼓乐喧天，说不尽的繁华热闹。

正是这场繁华热闹，招来了一伙强盗的觊觎之心。当天夜里，这些人就明火执仗地来到寇家进行打劫，并踢死了因舍不得家财而上来阻拦的寇员外。

主人被盗贼杀死，财产被洗劫一空，上午还花团锦簇的一家，到晚上已经是家破人亡了。这突然发生的一幕，让寇夫人觉得简直就是在做梦。思前想后，到了四更天的时候，寇夫人的愤怒渐渐全都聚集在唐僧四人的身上。在她看来，之所以会惹出这场祸事，完全是因为唐僧等人不接受自己的供养，所以寇员外才会在今天给他们送行。送行办得如此隆重，不仅引起了贼人的注意，也引来了杀身之祸。想到这里，寇夫人对唐僧等人的仇恨油然而生，就有了加害唐僧等人之意。她对寇栋、寇梁两兄弟说，孩子们，你们别哭了。贼人来的时候我躲在床底下看得清清楚楚，点火的是唐僧，持刀的是猪八戒，搬金银的是沙僧，打死你们爹的是孙悟空。你们的爹知人知面不知心，好心供养他们，却引来了杀身之祸。咱们明天就去状告他们，为你们的爹报仇雪恨。第二天一早，寇栋和寇梁就一纸诉状，把唐僧四人告到了铜台府。铜台府刺史准状，当即点起马步快手等共计四五十人，各执兵器，出西门追捕唐僧等人，很快就把唐僧四人捉拿归案，将他们关押在牢狱之中。这就是唐僧师徒上灵山前的最后一难，即"铜台府监禁"了。

以孙悟空的神通，当然很快就将问题圆满解决了：真凶被捉拿归案，寇员外死而复生。与一路的降魔除怪比起来，铜台府的故事并没有什么惊心动魄之处，所以不必细说。这个故事值得我们特别注意的地方，反而是寇夫人在家破人亡之际的那一番心理活动。

寇夫人的心理活动，看似胡搅蛮缠，实则非常普遍，而且这种心理绝不仅仅属于中国人，外国人也是一样。英文中甚至有一个专门的俗语，用以指称这种普遍存在的心理误区，这个俗语叫作"射杀信使"。"射杀信使"据说是来源于中亚古国花剌子模的一个奇怪风俗：凡是为君王带来好消息的信使，就会得到提升；凡是给君王带来坏消息的人，则会被无情射杀。使者只是带来消息的人，而并非消息的制造者，但花剌子模的君王却将这二者混为一谈，以至于荒唐地认为，奖励带来好消息的人，就能鼓励好消息的到来；处死带来坏消息的人，就能杜绝坏消息的产生。花剌子模这个国家最终的结果，是因为射杀了成吉思汗的信使而遭到了灭国之祸。

花剌子模国王的想法，属于典型的归因错误。不过，尽管我们都知道花

刺子模国王的愚蠢，但在实际生活中，犯同样愚蠢错误的，却并不在少数。举个生活中的例子。一个人出门遇到车祸，假如这个人是自行出去的也就罢了，假如他是外出赴约，则其家人通常会对约死者外出的朋友抱有很深的怨恨——你不约他出门，他怎么会出去？他不出去，怎么会死去？而这个朋友也通常会陷入深深的自责之中。这是一种毫无道理，但又非常自然的情绪。人们在大多数时候，很少能够非常清晰地辨明什么是相关性，什么是因果性，所以经常就把和坏消息沾边的人当作导致坏消息产生的人，甚至认为他们就是事件的罪魁祸首。寇夫人就是如此。寇家为什么会遭受这场灾难？罪魁祸首是那一批好逸恶劳、打家劫舍的强盗。如果寇家在自己方面找原因的话，那就是他们不懂良贾深藏、低调做人的道理。另外，还有安保意识不强的原因，使强盗直驱而入。但寇夫人却把"斋僧"和"遭抢"紧紧联系在一起，并把仇恨一股脑儿地发泄在唐僧师徒的身上。

那么，为什么会如此呢？心理学家的解释：这是一种心理防御机制。心理防御机制有多种，比如，投射、压抑、倒退、过度补偿等，而"迁怒"（更专业的心理学术语叫作"替代"）就是常见的机制之一。当一件坏事发生时，我们既不愿自己承担过失，又不能正面面对引发坏事的根源，就会将负面情绪转移到替代性的目标上，以此获得心理的平衡。以寇夫人而言，她既不肯承认自己疏于防范，又惧怕与强盗为敌会引来可怕的报复。于是，就把怨恨都转嫁到了唐僧师徒的身上。

不迁怒于别人，是一种极其可贵的品质。孔子最得意的弟子颜回死后，孔子对他有一个崇高的评价，就是"不迁怒，不贰过"。不要小看这两点。你犯了错误，不去妄责别人，这才能够正视自己的错误；同样的错误不犯第二遍，这才能使自己日益完美。我们的一生，能够犯错的种类其实是很少的，大多数人其实都是反复在犯同样种类的错误。假如同样的错误犯过一次就改正了，渐渐地，我们就没什么错误可以犯了，就可以成为一个完美的人。不犯同样错误的起点就是，诚恳地认识到自己的错误而不是迁怒于人。

我们要向颜回学习，一旦遇到问题，是自己的错误就勇于承认，出于命运就坦然接受。信使无辜，不要迁怒于人。

小妖精的大选择

  《西游记》中的小妖，构成了取经路上的一道特殊风景线。这些小妖大多天真烂漫，如同一群快乐的儿童。他们有的胆大冒失，有的生性老实，没事情的时候经常是在跳舞，遇见事情的时候一张口就是"大王，有祸事了"，孩子气不由分说地就冒了出来。他们在西行路上与猪八戒、孙悟空，以及那些魔头们一起，共同组成了《西游记》中充满童心童趣的世界。

  在这些小妖中，精细鬼和伶俐虫是写得特别出彩的两个角色。

  出彩的原因之一，是他们把儿童的天性表现得淋漓尽致。精细鬼、伶俐虫奉金角大王、银角大王的命令，拿了山上最重要的两件法宝紫金葫芦和玉净瓶，要去捉拿被镇压在须弥、峨眉、泰山三座大山下的孙悟空。两个小妖领了任务，却在半路上被孙悟空变成的老道用一根毫毛变成的大葫芦将两件宝物骗去，然后连毫毛都收在身上，落得个四手空空。这一场游戏，是孩子气十足的。儿童好奇心重，总是看着别人的东西好，所以也就特别喜欢交换。儿童对物品的价值常常缺乏判断，再加上天真和轻信，常常会在交换中吃大亏却不知。孙悟空和精细鬼、伶俐虫换法宝的故事，把儿童生活中这一常见的场面描写得活灵活现，令人叹为观止。

出彩的原因之二，也是更重要的原因，作者想借这两个小妖，为我们的立身处世提供令人深思的启发。两个小妖因为天真轻信，结果被孙悟空骗得四手空空，顿时陷入绝境。他们自己也知道后果的严重性，所以当时就吓得呆呆挣挣道："当时大王将宝贝付与我们，教拿孙行者；今行者既不曾拿得，连宝贝都不见了。我们怎敢去回话？这一顿直直的打死了也！怎的好！怎的好！"在极度慌张中，伶俐虫也曾想到过要逃走："不管那里走罢。若回去说没宝贝，断然是送命了。"但最终，还是精细鬼的意见占了上风："不要走，还回去。二大王平日看你甚好，我推一句儿在你身上。他若肯将就，留得性命；说不过，就打死，还在此间。莫弄得两头不着。去来！去来！"两个小妖商量定了，转步回山，冒着被杀掉的危险，将所发生的情况原原本本地向金角大王和银角大王作了汇报。而结局果然如精细鬼所料：两位大王骂了两句，也就放过他们了。至于放过他们的原因，笔者猜测有两点：一来是平日确实看他们甚好；二来虽然他们丢了法宝两手空空，但至少归来时带来了一个非常重要的信息，那就是孙悟空已经逃脱，并且自家的两件重要宝贝已经落入敌手，这对于金角大王、银角大王采取下一步的行动至关重要。

在人生是非的选择上，两个小妖可以说是我们的榜样。

实际上，人的一生其实就是由一次次的选择构成的，这些选择有大有小，但正是这一个个选择，勾勒出了你的人生、你的为人。而在这些选择中，最重要的就是路向的选择、是非的选择。这种路向的选择、是非的选择，靠的不是聪明，而是智慧。聪明和智慧的差别是什么？孟子说得好："是非之心，人皆有之。"聪明是权衡利弊的，智慧是判断是非的。路向、是非选择对了，然后才是细节的问题。以精细鬼和伶俐虫为例，摆在眼前的路径有两条：一条是出山的路，这条路是活路，但指向的是背叛、逃避；另一条是回山的路，这条路很可能是死路，但指向的是忠诚和责任。两个小妖选择的是后一条。在这个意义上，两个小妖虽然愚蠢了些，但在生死存亡的紧急关头，其品质是没有问题的。在这两个轻如鸿毛的小妖的生命里，还是颇有一些坚硬的东西，我们完全可以套用孟子说的那句"生，亦我所欲也；义，亦我所欲也。二者不可得兼，舍生而取义者也"来形容精细鬼和伶俐虫。

"不要走，还回去"，这是两个小妖在生死关头作出的重大选择。而此选择一旦作出，则两个小妖的底色也就决定了。他们被大王原谅，当然是再好不过；就算是说不过被打死，正像精细鬼所说的，也不会"弄得两头不着"。直面后果、勇敢面对自己的过错而死，也好过逃避责任、苟且偷生地活着。这样看来，精细鬼和伶俐虫能够得到大王的喜欢还是有道理的，两位大王终究还是没有看错人。

两不相谢

经济学中有一个经典的问题：养蜂人和果农，到底谁应该给谁付钱？养蜂人认为，果农该付钱给自己，理由是如果没有蜜蜂的授粉，果园就无法丰收。而果农却认为，该付钱的是养蜂人，理由是如果没有花粉，蜜蜂就无法酿蜜。这个问题的本质就是，在合作关系中，到底谁是应该被感谢的那一方。

《西游记》中唐僧和孙悟空的一番问答，堪称是对这个问题的完美回答。

事情发生在《西游记》第九十八回，此时唐僧师徒已经到达灵山，准备上雷音寺参见佛祖。在经过一个叫"凌云渡"的地方时，被一道湍急的水流挡住了去路。那水足有八九里宽，除了一条又细又滑的独木桥外，并无别的道路可以通往前方。

八九里长的独木桥，我们想一想就知道从这上面走过去该有多难。所以，当唐僧看到这座桥的时候，立刻胆战心惊起来。他说，悟空啊，这桥不是人走的，我们去寻找别的路走吧。作为一只猴子，孙悟空当然不把过这桥当作一回事，他来来回回地在上面跑了好几圈，然后拉住猪八戒，说不从这个独木桥走过就成不了佛，定要猪八戒和自己一起过桥，把猪八戒吓得趴在地上，说做不成佛就做不成吧，这桥我实在走不得。正当孙悟空拿猪八戒寻开心的当口，唐僧看见有一条船从上游漂流而下，赶忙招呼孙悟空和猪八戒，说你们别闹了，有撑船的过来了。孙悟空火眼金睛，认得是接引佛祖，却并不说破。接引佛祖把船撑到近前，众人才看见是一条无底船。唐僧心惊，说这无底的船怎么渡人，那接引佛祖说，我这船虽然无底，却能普度众生呢。唐僧还在迟疑，孙悟空却把唐僧往船上一推。唐僧站立不住，一跤跌进水中，那接引佛祖手疾眼快，一把将唐僧拉起，使其站立在船上。猪八戒和沙僧也牵着马上了船。接引佛祖把船撑离岸边，唐僧却看见另一个自己从船边被水冲了下去。唐僧见了大惊，孙悟空则笑着向师父解释说，师父别怕，如今你已脱去凡胎，冲下去的正是你的肉身。不一会儿，四人上岸。唐僧回身向三位徒弟道谢，孙悟空这时就说了一句闪烁着智慧光芒的金句："两不相谢，彼此皆扶持也。我等亏师父解脱，借门路修功，幸成了正果。师父也赖我等保护，秉教伽持，喜脱了凡胎。"

千万不要小看孙悟空这句话。它虽然极为简短，却说透了合作的本质与精髓：彼此成全，合作共赢。我们看取经团队的这几个成员，可以说是各有特点，也各有打算。唐僧是这个团队的领导者，是这个取经团队的核心所在。他的优点是信仰虔诚，意志坚定；缺点是肉眼凡胎，性格迂腐。孙悟空是这个团队的骨干，他的优点是神通广大，法力高强；缺点是争强好胜，心高气傲。猪八戒是孙悟空一路降妖除怪的主要助手，他的优点是性格幽默，法力尚可；缺点是贪吃好色，搬弄是非。沙僧的优点是吃苦耐劳，忍辱负重；缺点是本领低微。可就是这几个性格有着巨大的差异、本领有着天壤之别，西行动机也各不相同的人，凑在了一起，一路上相互扶持，相互打趣，降妖除怪，跋山涉水，走过了十四个春夏秋冬，走过了十万八千里的漫漫长路，最终到达了梦想中的灵山。取经的事业顺利完成，而师徒四人也修得了正果，实现了自己的人生价值。师徒四人的故事告诉我们，一个团队，其中的单个成员可能并非完美，他们有着种种优点，同时也有着种种缺陷。但只要这个团队有着共同的目标，有着足够的包容性，分工协作，取长补短，就有可能做出一番惊天动地的事业，而一旦整个团队的大愿景实现了，个体的小愿景也就得到了实现。

所以孙悟空这句话，也完美地回答了经济学中的那个经典争论——养蜂人和果农，到底谁应该给谁付钱？答案就是"两不相谢"：合作中的任何一方，既是给予者，也是得到者，没有哪一方需要被单独感谢。

敢为天下先

当代著名作家柳青有一句名言说得特别好："人生的道路虽然漫长，但紧要处常常只有几步。"这里的"紧要处"，指的就是人生路径发生方向性改变的关键地方。很多时候，敢为人先，率先跨出关键性的几步，就奠定了我们一生的先机。

对于孙悟空来说，花果山水帘洞前那纵身一跃，就是这样的关键一步。

我们知道，孙悟空是从石头缝里蹦出来的，是天产石猴，刚出生的时候，也曾目运两道金光，射冲斗府，惊动了玉皇大帝。但接下来的日子，也没有表现出什么特异之处，无非每天行走跳跃，采花觅果，饥餐渴饮地过日子罢了。

在一个炎热的夏天，机会来了。那一天，孙悟空和一群猴子又到山涧中洗澡，这时，就有猴子提议，反正闲来无事，干脆去寻个源流。一群猴子一起跑到水源处，见是一股瀑布飞泉。众猴拍手称扬道："好水！好水！那一个有本事的，钻进去寻个源头出来，不伤身体者，我等即拜他为王。"

后面的事情我们都知道，就是孙悟空应声高叫了一声"我进去"，而后就瞑目蹲身，一头钻进了水帘洞，为大家找到了一个天造地设的洞府，而众猴也果然都信守诺言，一个个序齿排班，朝上礼拜，都称孙悟空为"千岁大王"。孙悟空则高居王位，分派了君臣佐使，号令群猴，风光无限。

孙悟空能够钻进水帘洞，探得源头，是因为他格外"有本事"吗？从后面那些猴子陆续跟进的情况来看，应该说这件事的难度基本为零。但为什么谁都能做到的事，只有孙悟空挺身而出呢？说到底，是因为孙悟空具有那种叫作"敢为天下先"的勇气。正是在这份勇气支撑下的纵身一跃，奠定了孙悟空在花果山的位置，也开启了孙悟空后来全部的人生之路。我们设想，如果孙悟空不是身为猴王，过着幸福快乐的日子，怎么会因担忧快乐的日子不长久而生出长生不老的愿望？须知，所谓"人无远虑，必有近忧"，每天为衣食发愁的人，不大可能去想长生不老之类虚无缥缈的问题。另外，如果不是身为猴王，怎么可能当自己的忧虑刚一提出，就有一只见多识广的通臂猿猴为之献计献策？如果没有这些，此后一系列的事情都不会发生。所以，孙悟空这充满勇气的一跃，乃是撬动其一生变化的关键环节。

为什么"敢为天下先"这么重要？主要有两个原因。这两个原因就天然地包含在"敢为天下先"中：所谓"敢"，就是有胆量；所谓"先"，就是占领先机。

先说胆量。清代叶燮有"才、胆、识、力"的说法，他把"胆"仅仅放在"才"之后，可见对于"胆"的重视。有个俗语叫"艺高人胆大，胆大艺更高"。"胆"为什么这么重要？因为它直接对应克服的是人性的一大缺点。人类有两个根本缺点：恐惧和贪婪。这两点是我们做事的最大障碍。一个最明显的例子是：在地面上放上一块宽半米、长十米的木板，任何人都能轻松走过。但如果把这块十米长的木板架在两座摩天大楼之间，敢于走过去的人可能连十分之一都没有。为什么在地面上谁都能做到的事情，架在高空中就很少有人能做到呢？关键的问题就在于恐惧。所以，在很多时候，制约你行动的可能并不是你的才能，而是你的胆量。"敢不敢"永远在"能不能"之前。

再说"先机"。"先机"是这个社会上最为宝贵的东西。美国著名经济学家、畅销书作者罗伯特·弗兰克在他的《成功与运气：好运与精英社会的神话》中曾问过一个很有意思的问题：假设现在有 A 和 B 两个人，两个人的天赋、努力程度、见识水平完全一样。但是开始的时候，A 的运气比 B 好一点，大约好百分之五。那么请问，一段时间之后，A 的收入大概会比 B 高多少呢？也是百分之五吗？罗伯特·弗兰克的回答是：那就大错特错了。他给出的答案是百分之五百，甚至更高。因为人类社会是个非线性的复杂系统，这意味着初始条件好一点的话，最终结果不是按比例分配也好一点点，而是很有可能不成比例地把初始优势放大很多倍。从演艺圈到商业圈、体育圈，罗伯特·弗兰克举了很多例子，都很雄辩地说明了这一点。当然，这绝不是说天赋和努力就不重要，而是说在很多领域，特别是竞争激烈的领域，仅仅凭着天赋和努力，而没有幸运之光照耀在你的身上，成功的可能性是非常渺茫的。有人说，你说的那些都是幸运，和"敢为天下先"这有什么关系呢？答案是：太有关系了。就本质而言，幸运就是你凭借偶然性的因素而得到了别人没有得到的先机。偶然性不重要，"先机"才是关键。假如说因为幸运而形成的初始优势存在着太多不可把控的因素的话，那么，"敢为天下先"主动出击，就是把握先机、形成初始优势的最好办法。人是逐渐成为自己的，人生的成就是一步步累积的。在很多时候，你提前迈出了一步，就提前进入了一个其他人所不曾经历的境遇，你的经历和见识就会优越于别人，而这些又会成为你进入下一个阶段的优势。

人性的镜子

在《西游记》乃至整个中国古代小说史中，猪八戒是一个极其特别的形象。这个形象可以说浑身都是缺点。他的信仰不坚定，当遇到艰难困苦时，第一个提出散伙的就是猪八戒。他好吃懒做，一顿饭能吃下几十碗米饭，能喝下几十碗面汤。好在他论量不论质，否则，是能把沿路供养他们的善信都吃破产的。在西行路上，他总是一而再，再而三地抱怨他那永远填不满的食肠。他十分好色，每当遇到漂亮的女人，他都会垂涎三尺，丑态百出。

但令人奇怪的是，古往今来的《西游记》读者说到猪八戒时，觉得他可笑又可爱的多，可恨可恶的却很少。为什么这样一个三心二意、浑身是缺点的形象，却能得到那么多读者的欢迎乃至喜爱呢？

原因有三个。

首先，猪八戒其实是个可怜人。 对于弱者，我们天然地就抱有一份同情。不要看猪八戒顶着"天蓬元帅"的光环，其实他的人间原型就是个旧时代的农民。

所有的文学作品都是有其生活原型的，《西游记》中的猪八戒当然也不例外。《西游记》是一部文学名著，而其最大的成就之一就是塑造了孙悟空、猪八戒这两个令人难忘的艺术形象。这两个形象都是按照"三结合"的方式塑造出来的，他们既有动物的特征，又有神仙的本领，还有人类的属性。以猪八戒而论，他既有猪的外形，也有天蓬元帅的本领。但最重要的地方，还在于他带有旧时代农民的普遍特征，身上有着太多来自农村的烙印。比如，他的外形是农家饲养的肥猪，他的武器是九齿钉耙，他的皮肤是黝黑的。而他的性格，正像张锦池先生所说的："既狡黠而又憨厚，既懒惰而又勤谨，既好色而又情真，既畏难又坚定，既自私贪小而又不忘大义。其狡黠是农民的小黠而大憨，其贪吃贪睡是累极了的长工放下担子后的口壮身慵，其好色是旷夫的寡人之疾，其畏难是太过务实的求止，其自私贪小是小生产者的惜财活口心理，其人生目标是勤谨一生而忍饥挨饿的山野村夫的人生目标。"一言以蔽之，猪八戒处处透露出来自旧时代农村的气质特征。

而且，他比一般的农民还要更惨一点：他不仅是个"倒插门"的女婿，还是个受到不公正待遇的"倒插门"女婿。

在旧时代，"倒插门"女婿的地位是比较低下的。身为男子，婚礼要按照女性的礼节，被女方"娶"进门，生下的孩子要随妻家的姓。在男权社会中，这是一件极其不光彩的事情。在旧社会，"倒插门"女婿是一个普遍被人看不起的弱势群体。猪八戒身为"倒插门"女婿，这一身份就足够让人同情的了。比这更让人同情的，是他受到的不公正待遇。平心而论，猪八戒在高老庄的表现还是不错的。很多人一想到猪八戒，一个笨拙的形象就浮现在脑海之中。但是，用"笨拙"来形容西行路上的猪八戒是可以的，用它来形容在高老庄时期的猪八戒则绝对是错误的。猪八戒原本就是个庄稼汉，他在西行路上的笨拙，其实类似于出门在外打工的农民，对于社会上的事情的种种不适应，一旦来到农村广阔的田地，他们就如鱼得水。在高老庄时期的猪八戒，其实是非常能干的。对于这一点，在《西游记》中有很好的交代。孙悟空变作高翠兰的样子来探试猪八戒的口风，故意叹了口气，说"造化低了"。一句话勾起猪八戒的种种不满，他说："你恼怎的？造化怎么得低的？我得到了你家，虽是吃了些茶饭，却也不曾白吃你的：我也曾替你家扫地通沟，搬砖运瓦，筑土打墙，耕田耙地，种麦插秧，创家立业。如今你身上穿的锦，戴的金，四时有花果享用，八节有蔬菜烹煎，你还有那些儿不趁心处，这般短叹长吁，说甚么造化低了！"猪八戒绝没有撒谎。孙悟空后来拿猪八戒这话到高太公面前质证，据他说，虽吃了你家些茶饭，却与你们家做活，挣了许多家资，又未曾伤害你女儿，高太公也是承认的。但对这么个极能挣钱养家的女婿，高太公却必欲除之而后快。何以如此呢？说来说去，只是为了自己的面子而已。用他自己的话说，有这么个妖怪女婿在家，虽是不伤风化，但毕竟名声不好，面对人们动不动就说出的"高家招了个妖怪女婿"的议论，高太公觉得难以承受。而就是为了这一点面子，高太公所表现出来的绝情是令人极度寒心的。针对如何处置猪八戒，孙悟空与高太公之间有几句简单的对话。高太公要请人除去猪八戒，孙悟空道："这个何难？老儿你请放心，今夜管情与你拿住，教他离了你们如何？"高太公道，"但得拿住他，就烦与我除了根吧"——这是要对猪八戒下死手的意思了。这对话乍一听很容易被放过，但稍加玩味，就会感到，人的忘恩负义与转面忘恩，真是令人"细思恐极"。但对这一切，猪八戒似乎全然无感。在后来的西行路上，猪八戒每遇到难处，就会嚷着要回高老庄做女婿。可见，在猪八戒心中，高老庄乃是一个令他魂牵梦萦的地方，是他心灵中一块最柔软的角落。猪八戒的一往情深与高太公的冷面冷心相对比，真让我们对猪八戒不得不生出一腔同情与怜悯。

其次，猪八戒并非只有缺点，他的优点也很突出。论武艺，虽然他打不过孙悟空，但也确实有一些孙悟空所不具有的本领。比如，在稀柿衕，当孙悟空和猪八戒降服蟒蛇精后，唐僧师徒和欢送的村民来到那条长达八百里、多年来被掉落霉烂的柿子填满、味道比淘厕所还要浓烈、顶风能臭出几十里、名叫稀柿衕的山路时，众人都一筹莫展。唐僧问孙悟空："似此怎生得过？"孙悟空虽然本领高强，但面对熏天的臭气，也只能掩住鼻子，表示无能为力。当地山民表示要再开凿出一条好路，供唐僧师徒行走。可是，开凿这样一条山路，至少需要几年时间，明显不现实。那该怎么办？这就轮到猪八戒大显身手了。他变作一头巨猪，一路拱将过去，只消两三天，就将一条大路拱开。

另外，在几个师兄弟中，猪八戒还有一个特别的长处，那就是他的生活经验最为丰富。例如，唐僧师徒来到通天河边时，唐僧问起河水的深浅。别人一筹莫展，猪八戒则说，只要找一块卵石丢进水里，假如溅起水泡，就是水浅；假如卵石"咕嘟嘟"地沉下去，就是水深。又如，唐僧师徒通过结冰的河面时，白龙马蹄下打滑，猪八戒就讨了些稻草包在白龙马的蹄子上；包好马蹄后，他还让唐僧把禅杖横着担在马上。孙悟空以为猪八戒在偷懒，把原本应该自己挑的禅杖让师父拿着。猪八戒这才解释说，冰上行走，最怕的就是落到冰窟窿里，而有了这个横担之物，就可以架在冰上，免去落入冰下之苦。

猪八戒靠着丰富的生活经验，甚至救过孙悟空一条性命。那是在路过火云洞时，牛魔王的儿子红孩儿喷出烟火，将孙悟空烧得燥热难当。孙悟空一头扎进涧水中灭火，谁料被冷水一激，弄得火气攻心，三魂出舍。《西游记》是这样描述的："可怜气塞胸膛喉舌冷，魂飞魄散丧残生。"一具"尸体"，顺着水流漂了下来。沙僧见了，跳下水去，将孙悟空抱上岸来，只见他四肢蜷缩，浑身冰冷。沙僧满眼垂泪，猪八戒却不慌不忙，笑着说："兄弟莫哭。你扯着脚，等我摆布他。"沙僧依言把孙悟空拽个直，推上脚来，盘膝坐定。猪八戒将两只手搓热，捂住孙悟空七窍，使用一个按摩禅法，一番按摩揉擦，须臾间孙悟空气透三关，转明堂冲开孔窍，活了过来。从这些例子中我们不难看出，猪八戒是个解决生活问题的能手。西行路上降妖除魔的主力当然是孙悟空，但离开猪八戒的帮助，我们很难想象取经大业会取得圆满的成功。

猪八戒是淡泊名利、没有野心的，他对功名利禄和荣华富贵等没有太多的诉求。一个最简单的例证是，他当过天蓬元帅，那是天界的高官，但他在西行之路上，对这段日子并不怎么怀念。最让他魂牵梦萦、念念不忘的一直是在高老庄与高翠兰一起度过的那二亩地一头牛、老婆孩子热炕头的幸福日子。这让我们普通人在阅读时感到既温暖又亲切。

最后，虽然猪八戒的缺点很多，但都是从正常人性的欲望中生长出来的缺点，并且这些缺点也没有发展到令人不可谅解的邪恶程度。

根据人们对欲望的态度，可以把人划分为三种不同的类型。面对欲望，能够很好地进行克制，乃至做到完全的不起心动念，那是圣贤；面对欲望，不加遏制乃至不择手段地寻求满足，那是禽兽；面对欲望，既不能克制，又无法满足，那是普通人。所以，说到底，猪八戒的缺点，就是我们普通人的缺点；猪八戒的可笑，就是我们普通人的可笑。在绝大多数时候，猪八戒之所以看起来可笑，就是因为面对诱惑时，既无法满足又无法克制而带来的种种矛盾尴尬与首鼠两端。更何况，在很多时候，猪八戒强烈欲望的背后，其实是基本欲望都不能得到满足的饥渴与可怜。比如，他垂涎的就不是什么山珍海味，而只是能勉强填饱肚子的包子和面条；他情欲的满足对象也不是什么国色天香，而是卯二姐那样的妖怪，高太公那嫁不出去的山村"剩女"，乃至广有田庄的半老徐娘。

所以，猪八戒不过是我们自身稍作夸张的漫画罢了。面对猪八戒，我们只能是有限度的嘲笑，笑过之后，则是同情、理解，以及最后的原谅。其实，这也正是《西游记》作者对于我们这样普通众生的态度：不是求全责备，而是抱有一种强有力的慈悲与同情。

二心之争

自《西游记》诞生以来，对于"六耳猕猴"的身份，就有着种种不同的猜测。

以往最普遍的看法就是，六耳猕猴就是六耳猕猴，而其依据，就是如来在灵山上给众人上的那一堂"物种分类"课。当时真假美猴王打到灵山，如来问在座的菩萨、罗汉等能否分辨真假。众人表示不能，于是如来就对众人说，你们虽有法力，但只知周天之事，不能辨周天之物。周天之内有五仙：乃天、地、神、人、鬼。有五虫：乃蠃、鳞、毛、羽、昆。这厮非天、非地、非神、非人、非鬼；亦非蠃、非鳞、非毛、非羽、非昆。又有四猴混世，不入十类之种。观音问是哪四猴？如来说，第一是灵明石猴，通变化，识天时，知地利，移星换斗；第二是赤尻马猴，晓阴阳，会人事，善出入，避死延生；第三是通臂猿猴，拿日月，缩千山，辨休咎，乾坤摩弄；第四是六耳猕猴，善聆音，能察理，知前后，万物皆明。此四猴者，不入十类之种，不达两间之名。最后一锤定音：我观假悟空，乃六耳猕猴也。

但事情不是这样简单。要真是六耳猕猴的话，真假悟空又有什么难以辨别的，大家只要数一数耳朵就好，哪里还用到天上地下地折腾一通。

坊间关于六耳猕猴的另一个颇为流行的说法是，因为孙悟空不听话，总是和唐僧发生冲突，于是佛祖就派了六耳猕猴来替代孙悟空，真的孙悟空在《西游记》第五十八回就被打死了，此后保唐僧西天取经的其实是六耳猕猴。而理由就是从"真假美猴王"事件之后，孙悟空就像换了一个人，此后再没有和唐僧发生过激烈的冲突。

这就更让我们摸不着头脑了。其实，书中有多处佐证，都能说明所谓"六耳猕猴打死孙悟空"是无稽之谈。对于这一点，李天飞博士在《万万没想到：〈西游记〉可以这样读》一书中，曾有过清晰的辨析。比如，自真假猴王见面的那一刻起，作者对于两个猴王的称呼就已经确定：孙悟空为"这大圣"或"孙大圣"，六耳猕猴为"那行者"或"那猴"，自始至终，一丝不乱。又如，自六耳猕猴事件之后，作者对孙悟空也有多次心理描写。在那些心理描写中，曾多次提到真假美猴王事件之前的事情。如在陷空山无底洞，当孙悟空看到里面的风景时就说："好去处啊！想老孙出世，天赐与水帘洞，这里也是个洞天福地！"又回忆起当年的风光："若我老孙，方五百年前大闹天宫之时，云游海角，放荡天涯，聚群精，自称齐天大圣，降龙伏虎，消了死籍；头戴着三额金冠，身穿着黄金铠甲，手执着金箍棒，足踏着步云履，手下有四万七千群怪，都称我做大圣爷爷，着实为人。"假如孙悟空已死，取经的是六耳猕猴，作者这样写，岂不是神经错乱？

那么，被孙悟空打死的到底是谁？

答案是：孙悟空的"二心"，或者说，孙悟空的另一个自我。

我们这样说的理由有四点：第一，禅门中早就有以"六耳"比喻妄心的公案。当年渤潭法会禅师曾拿一个很常见的禅门公案"如何是祖师西来意"

（翻译成现代汉语就是：达摩祖师从西方来到东土的意旨是什么）问马祖，马祖说，你近前来我和你说，等法会禅师走到近前，马祖却一巴掌打在法会禅师脸上，说："六耳不同谋，且去，来日来。"第二天，法会禅师独身一人去见马祖询问答案，马祖又说："且去，待老汉上堂时出来，与汝证明。"根据后代大德的参悟，这个"六耳"，指的就是人的妄心。第二，在三星洞学艺的时候，孙悟空打破了须菩提祖师的盘中之谜，恳请须菩提祖师传给他道术，说过"此间更无六耳，止只弟子一人"的话，而如来所说假悟空的名字就叫"六耳猕猴"，这应该不是名称上的巧合，而是有意的照应。第三，紧箍只有一个，观音已经套在了孙悟空的脑袋上，又怎么可能同时出现在六耳猕猴的头上。第四，也是最重要的一点，其实如来已经在对大众的宣示中隐晦地指出了这一点：当他看到两个"孙悟空"来的时候，当时就说到，汝等俱是一心，且看二心竞斗而来也。那意思很清楚，你们都只有一心，但有人就是有二心，且二心之间正在进行着激烈的竞斗。

六耳猕猴的故事，因为充满了神话色彩而显得迷离恍惚、高深莫测，但它所反映的其实就是自己两颗心之间的剧烈交战，实际上我们绝大多数人是有过体会的。每个人几乎都有这样的时刻，就是觉得自己的心里住着两个小人，甚至是好几个小人，一个想这样，一个想那样；一个想向前，一个想向后。这就让我们思前想后，左右为难。这些冲突其实很常见，在实际生活中，绝大多数人都是轻微分裂的"两面派"，他们自我分裂、不统一，却又没有达到人格分裂或者人格障碍的程度。但是，如果心理冲突发展到不可调和时，就会发生自己与自己的厮杀对决——人格分裂。孙悟空的情况，就属于典型的人格分裂。而将分裂的两个人格分化为两个独立的人物，乃是文学史上一种早已有之的做法，而并非《西游记》的独创。比如，元代著名戏曲家郑光祖的《倩女离魂》，就是一个非常典型的例子。在作品中，张倩女爱上了王文举，对他念念不忘。她的灵魂虽离开了身体，追随王文举而去，但身体却留在家里，继续过着安分守己的日子。两个张倩女，前者代表着她对感情的执着与狂野，后者则代表着她作为女孩子的羞涩与对现实的无奈。这两个张倩女都是真的，并且也都以为自己是唯一的。

真假美猴王，亦复如是。

如来为什么不直接说出来呢？笔者的解释是，直接说出来，效果并不好。世间的许多事情，过去了就过去了，与其说清楚，不如不说清楚。假如如来把谜底打破，说孙悟空恨不能打死唐僧，你让他们以后再如何相处而心无芥蒂呢？如来巧妙地用"六耳"来点醒悟空，这是留有余地，是非常高明的智慧。而孙悟空上前一棒将所谓的"六耳猕猴"打死，也等于是向佛祖进行了保证：我的"二心"已经被自己打消了，从此我就只有"一心"，也就是向佛的心了。如来对孙悟空的表现很满意，所以随后才对孙悟空说出了自己的承诺："你不要乱想，我教观音送你回去，不怕他不收。你好生保护他去，到功成之时，汝亦坐莲台。"莲台是菩萨这个级别才能坐的，"汝亦坐莲台"的意思，就是取经成功之时，你的果位不会低于菩萨。佛祖的话，孙悟空当然懂。所以，此后的孙悟空，不但没有干一件滥杀无辜的事情，而且与唐僧也再没有发生过严重的冲突。在这个意义上，"六耳猕猴"事件的发生是好的。通过这次事件，孙悟空的心性得到了很大的提升，和以前那个狠戾暴躁的猴王，已经是脱胎换骨之别了。

在整部《西游记》中，"二心之争"是哲理意蕴最为深厚的故事之一。作者借这个故事，告诉我们一个道理：每个人心中都有一个魔鬼，或者说，每个人心中都有魔鬼的一面，这就是我们的"心魔"。六耳猕猴的故事告诉我们，比起外在的妖魔来，最难降服的，其实就是我们自己的"心魔"，或者叫"二心"。自己与自己的厮杀对决，是这个世界上最为凶险的厮杀对决，因为与敌人的厮杀还可以找到帮手，但与自己的厮杀对决，除了像如来这样所谓的"调心大夫"外，你很难在世界上找到可以依傍的力量。而一旦战胜自己的"心魔"，你就得到了一个全新的自己。

无谓的固执

在《西游记》中，牛魔王是最接近现实人生的妖怪。他有着极其广泛的社会关系，有着庞大的家族势力。最有意思的是，他还是《西游记》中唯一过着完整家庭生活的妖怪，不但有个厉害的儿子，还有娇妻美妾可以左拥右抱。难怪有人会说，在整部《西游记》中，最逍遥自在的妖怪，就数牛魔王了。

但牛魔王的幸福生活，最终是毁在了自己的手中。那么，到底是什么原因，导致了牛魔王幸福生活的终结？

对于导致人生失败的原因，中国人喜欢将其归结为四点，即所谓的"酒""色""财""气"，它们被称为"人生四戒"。人们认为如果对它们处理得不好的话，就会给自己带来极大的祸患。对于以"酒""色""财""气"为代表的欲望人生的思考，是中国通俗文艺作品中极其重要的一个话题，特别是明代中晚期以后，随着商品经济的发展，社会财富的积累，人们的物欲色欲日见其盛，造成的社会问题日见其重，对这一问题反思的作品也就日见其多。打开明代的文学作品，特别是在通俗文艺作品中，你到处都会看

到对"酒""色""财""气"要时刻加以提防的谆谆告诫，如"酒是穿肠的毒药，色是刮骨的钢刀。财是惹祸的根苗，气是下山的猛虎""酒色财气四堵墙，人人都在里边藏；谁能跳出圈外头，不活百岁寿也长"。

《西游记》是产生在明代的一部通俗文艺作品，自然也就继承了明代文学的这一传统内容，而对于这类问题的反思，又集中地体现在牛魔王这个人物身上。

牛魔王可以说是"酒""色""财""气"四全的。

牛魔王喜欢喝酒。当年他和孙悟空等七兄弟结拜时，几个人做的最多的事情就是觥筹交错，饮酒作乐。时间过去了几百年，牛魔王贪杯的爱好也一直没有什么改变。

牛魔王好色。他本来有结发妻子，但还是因贪恋美色而娶了玉面公主，这就造成了家庭内部的一些矛盾。

牛魔王对钱财也有一定的欲望。他娶玉面公主，虽然主要是因为好色，但是也不能说没有贪图人家钱财的嫌疑。

但以上三点都不足以致命，最致命的是他的"气"——用现代的话来表述，就是无谓的固执。他坚决不肯将芭蕉扇借给孙悟空，这就把自己和如来的取经大业放在了对立的位置上，最终导致妻离子散、家破人亡。

牛魔王为何抵死不肯将芭蕉扇借给孙悟空？其根本原因就是红孩儿事件。在孙悟空看来，个中的是非曲直不言自明：要不是红孩儿一定要吃唐僧肉，自己怎么会与之为敌？再说，知道红孩儿的身份后，自己也曾经上门，希望用攀交情的方式让红孩儿交出唐僧，是红孩儿的一力拒绝才逼得自己不得不到处搬救兵，最后是观世音菩萨以雷霆手段将红孩儿驯服。观世音菩萨收服红孩儿的手段有些残忍，但最终的结果还是不错的。在观世音菩萨的教导下，红孩儿由一个偏僻乖张的小魔头变成了彬彬有礼的模范少年，前途更是一片光明。

但就是这样一件在孙悟空看来天大的好事，却招致牛魔王一家的刻骨仇恨。牛如意和铁扇公主也还罢了，他们恼恨孙悟空，认为红孩儿跟随观世音菩萨是与人为奴，使母子不得相见，说来说去无非是眼界狭窄、头脑不清。但牛魔王又和他们不同。他原来确实认为是孙悟空伤害了红孩儿，但当他见到孙悟空时，孙悟空作礼道："长兄勿得误怪小弟。当时令郎捉住吾师，要食其肉，小弟近他不得，幸观音菩萨欲救我师，劝他归正。现今做了善财童子，比兄长还高，享极乐之门堂，受逍遥之永寿，有何不可，反怪我耶？"牛魔王说了一句："害子之情，被你说过。"这说明面对孙悟空的话语，他无力反驳；说明他在理性上，对孙悟空的解释也是认同的。但理屈词穷的牛魔王，不但没有幡然悔悟、改过自新，相反又拿出孙悟空欺负铁扇公主、玉面公主的托词，就是固执地不肯把扇子借给孙悟空。正是这种固执的态度，逼得孙悟空不得不撕破了兄弟之间的情面，而以刀兵相见。导致的结果，是自己幸福生活的终结乃至爱妾一家的惨死。

牛魔王一家当然是作者虚构出来的人物，但这家人所犯的错误，却是在生活中极为常见的。我们经常出于自己狭隘保守的观念，先入为主地对一些人和事进行判断，并因此导致很大的麻烦。甚至在很多时候，明明在理性上知道自己错了，也约略知道如果将错误坚持下去可能导致的严重后果，但还是不肯低下自己倔强的头颅。

那么，为什么固执如此有害，却又如此普遍地存在于我们周围呢？心理学家已经为我们找到了答案，这就是出于一种叫作"自我防御"的心理机制。人们在感受到威胁的时候，就会出于本能地进行自我防御，以此避开危险，减轻痛苦，"固执"就是自我防御的手段之一。它的作用机制大致是这样的：当自己一向坚持的东西被告知是错误的，假如承认了自己的错误，那么就会陷入难堪和尴尬，而这无疑是一种对自己不利的生存境地。为了避免这种难堪和尴尬，当事人就会出于本能地捍卫自己的观点。以牛魔王本人而论，自从他知道红孩儿被孙悟空请来的观世音菩萨降服，就每天生活在对孙悟空的仇恨之中。他的家族成员几次与孙悟空发生关联，对孙悟空的态度都是极其粗暴且不友好的。现在孙悟空来到自己的面前，讲出了一番道理，假如自己接受了孙悟空的说辞，岂不是承认了自己这几年与孙悟空的敌对做法，其实都是出于目光短浅的无理取闹？这又让自己这个法力高强、名满江湖的大魔头情何以堪呢？我们不妨做个假设，假如当时牛魔王接受了孙悟空的道歉，所谓"度尽劫波兄弟在，相逢一笑泯恩仇"，将芭蕉扇借给孙悟空，那样的话，唐僧师徒安然过山，他也能继续过着逍遥的日子，岂不是满天的乌云都散了？

《西游记》虽然是数百年前的虚构之作，但现实意义今天仍然存在，不但存在，而且更为显著。这是因为，在社交媒体对人际互动影响越来越大的今天，我们的生活越来越"部落化"，很容易只与同自己观点相近的人交流，这就比以往任何时候都越来越容易陷入自己的成见及固执中。这时回到经典，聆听古人的智慧，对我们更有好处。

真正的勇敢不是固执己见，而是接纳差异。让自己能够接受另一种观点的影响，这需要真正的勇气。敞开怀抱去接受别人的信念，不要害怕被他们的正确观点说服。差异可以成为力量的源泉，而非软弱的根源。

红孩儿事件的是非曲直

红孩儿事件，是《西游记》中的一个大事件。因为这个事件，造成了唐僧取经团队与牛魔王一家之间的矛盾，包括此后在落胎泉与牛如意、在火焰山与牛魔王和铁扇公主的一系列纠葛。那么，这件事情的是非曲直到底如何呢？

事情的来龙去脉是很清楚的。西游五年，取经团队途经火云洞，结果唐僧被变作七岁童子的红孩儿劫到洞府。孙悟空打听到红孩儿是牛魔王的儿子，于是便以叔叔的名义前去讨要，结果被红孩儿以三昧真火逼退。孙悟空找来四海龙王帮忙，结果红孩儿的三昧真火不但没有被浇灭，反而燃烧得更加旺盛，孙悟空自己也险些被烧死。孙悟空无计可施，只好到南海请来了观世音菩萨。观世音菩萨施展雷霆手段，先以净瓶之水破了红孩儿的三昧真火，再以天罡刀降伏了红孩儿，最后用金箍套在红孩儿的脖项和手脚上，令他一步一拜，回落伽山做了善财童子。

事情就是这样，孙悟空与牛魔王一家之所以产生了巨大矛盾，关键不在于事实的认定，而在于看待这件事情的角度和立场。

站在孙悟空的角度，自己是毫无过失的一方——不但毫无过失，而且是对红孩儿有恩之人。不错，当初他确实想把红孩儿一把摔死，但那是因为红孩儿想吃掉唐僧，何况自己也不知道红孩儿和牛魔王的关系。后来他请来了观世音菩萨帮忙，观世音菩萨也确实让红孩儿吃了点苦头，这是迫不得已所采取的措施，不如此就不能让唐僧师徒顺利西行。并且从结果来看，红孩儿能够随侍观世音菩萨左右，绝对是因祸得福了。我们可以设想，就凭红孩儿那乖张的性格，他给自己及他的牛魔王父亲引来麻烦是迟早的事（试想，蔑视天庭的基层政权组织，还能有好果子吃吗）。可以看出，是观世音菩萨的雷霆手段与菩萨心肠，使红孩儿的性格特征发生了根本性的转变。天罡刀穿腿，是给红孩儿的杀威棒；金箍儿套头，是给他必要的约束；一步一拜到南海，是对他野性的消磨。加上来到观世音菩萨身边以后，观世音菩萨对红孩儿的谆谆教导，使其逐渐发生了脱胎换骨的变化。至于前途方面，那就更不用说了，借用后来孙悟空对牛魔王说的话就是，红孩儿在菩萨门下，享极乐之门堂，受逍遥之永寿，比起做妖怪来，好上何止千倍啊！

但就是这样一件在孙悟空看来是天大的好事，竟然成了铁扇公主仇恨孙悟空的缘由。她根本就不听孙悟空讲的那些"你儿子现在跟着观世音菩萨，与天地同寿、日月同庚，你应该感谢我才是"的大道理，并坚持认为红孩儿虽然没死，但骨肉分离，母子不能相见，就是被孙悟空害了。

孙悟空与铁扇公主的看法，到底孰是孰非呢？我们就来分析一番。其实，这种对待同一事物而存在着价值判断差异的现象，无论是在对待历史问题中，还是在对待现实问题中，都是一种非常普遍的存在，就像庄子所说的"此亦一是非，彼亦一是非""自其异者视之，肝胆楚越也"。举个简单的例子，在《红楼梦》里，多数人都艳羡元春的入宫，以为这是人间荣华富贵的极致，而元春自己则把皇宫说成是"见不得人的地方"，这之间的差距，该有多大？对于类似的问题，作者的理解是，作为旁观者，只要你的立场不违背基本的伦理道德，那么无论你作出怎样的判断，都无所谓绝对的正确与错误。最重要是当事人的态度，因为究竟当事人的感觉如何，那是如人饮水，只有当事人自己心里最清楚。

那么，红孩儿自己的感觉如何呢？我们可以负责任地说：感觉很好。如在"灵感大王"事件中，孙悟空到南海去见观世音菩萨，红孩儿就和守山大神等一批人去迎接孙悟空。红孩儿见到孙悟空后还特别上前给孙悟空施礼，说如今在菩萨身边，早晚不离左右，蒙菩萨耳提面命，朝夕教诲，自感收获甚大，这一切都多亏了大圣啊。从红孩儿的谈吐中，我们不难感受到，从前那个行为偏僻性乖张的问题儿童，已经变成一个彬彬有礼的模范少年了。他虽然最初跟从观世音菩萨是出于强迫，但越到后来，就越觉得这才是正路，也是自己想要的生活。既然红孩儿都觉得孙悟空对自己有恩，那么铁扇公主的愤怒就显得非常荒唐了。

我们还可以把这个话题稍微延伸一下，就是父母究竟怎样才算真的爱子女。以铁扇公主而论，她虽然也深爱着自己的儿子，但我们却并不能因此说她就是一位合格的母亲，因为她分不清事情的大小和利弊，所以就显得狭隘而短视。在铁扇公主看来，世界上最重要的事情就是能够和儿子时常团聚，满足母爱的需要竟然比儿子的前途更加重要。在这个意义上，她虽然是个神仙，却还远远比不上《触龙说赵太后》里面的那个人间女子赵太后，因为赵太后深深地明白"父母之爱子，则为之计深远"的道理，所以当齐国提出要她的儿子长安君当人质时，尽管她深爱着自己的儿子，但为了长安君的前途，还是听从触龙的劝说把儿子送到齐国。铁扇公主的教训，值得天下每一个做母亲的人三思。

心中的灵山

　　绝大多数读者，在读到唐僧四人在天竺国的一系列经历之后，恐怕都会对这个国度产生一种失望之感。还记得当初如来说到传经的缘起时，在灵山对众人说的那一番话吗？他说："我观四大部洲，众生善恶，各方不一。东胜神洲者，敬天礼地，心爽气平；北俱芦洲者，虽好杀生，只因糊口，性拙情疏，无多作践；我西牛贺洲者，不贪不杀，养气潜灵，虽无上真，人人固寿；但那南赡部洲者，贪淫乐祸，多杀多争，正所谓口舌凶场，是非恶海。"在如来的描述中，西牛贺洲真是一片令人梦寐以求的乐土。整个西牛贺洲如此，则灵山所在的天竺国就更不必说了。可是，当我们跟随唐僧师徒一行的脚步来到天竺国的时候，恐怕都会对这个国度产生一种失望之感：这里妖魔众多。实际上，在西行途中妖魔出没最为频繁的国度，天竺国如果排第二，就没有其他国度能排第一。这里治安混乱，不少小国的百姓被昏君或盗贼折腾得苦不堪言；天庭对这里似乎也并不留什么情面，比如玉皇大帝就曾在一气之下让凤仙郡亢旱三年。

　　那么，前后的反差，是不是出于作者的失误呢？答案：不是。仔细阅读

《西游记》时，我们有理由相信，这种落差感其实是作者有意传达给我们的。比如唐僧，自从踏入天竺国境内，就对所见到的一切似乎有一种发自内心的敬意，所以时时充满赞叹。不过，作者随即就用一种近乎"黑色幽默"的笔调写出，他所遇到和听到的许多事情，都在时时告诉他，他的很多想法和现实似乎都有一种微妙的"错位"。而最值得玩味的，则是发生在唐僧和慈云寺僧众之间的一段对话。那是在《西游记》第九十一回，师徒四人来到一处山门，上面写着"慈云寺"。四众走进山门，正看寺内的风景，就见廊下走出一个和尚。和尚对唐僧作礼道："老师何来？"唐僧道："弟子中华唐朝来者。"那和尚倒身下拜，慌得唐僧搀起道："院主何为行此大礼？"那和尚合掌道："我这里向善的人，看经念佛，都指望修到你中华地托生。才见老师丰采衣冠，果然是前生修到的，方得此受用，故当下拜。"这还不算完。过了一会儿，从里面又走出几个和尚，当他们知道唐僧是从东土大唐而来的时候，竟然问唐僧："老师中华大国，到此何为？"还有就是，在唐僧看来，这里既然已经是天竺国境内，所谓"近水楼台先得月"，距离灵山不远，众僧肯定是去过灵山的了。于是，就问这里到灵山还有多少程途，谁知众僧的回答竟是："此间到都下有二千里，这是我等走过的。西去到灵山，我们未走，不知还有多少路，不敢妄对。"

这真是一件颇有黑色幽默色彩的事情。唐僧把天竺国看作梦想之地，所以舍死忘生、不远万里而来；这里的人却又把中华看作是梦想之地，烧香念佛想要托生到中华之地。这倒真有点像今天人们对于旅行的解读：所谓旅行，就是从自己待腻了的地方，跑到别人待腻了的地方去看看。

绝大多数读者在读到天竺国见闻之前，应该都不会想象作者会把它描述成这个样子，这与其标榜的理想之乡实在是相去甚远。那么，前后的反差会不会是作者的失误呢？

肯定不是。原因很简单：《西游记》是一部小说，而西牛贺洲所发生的一切都是作者有意安排的。

作者为什么会这样写呢？可能的原因有两个。

第一个原因，作者是读过《大唐西域记》《大唐大慈恩寺三藏法师传》这样的历史文献的。在阅读这些文献的过程中，作者对真实的天竺国是有一定认识的。那个时代的天竺国本来就很混乱，小国林立，战争不断，玄奘在天竺国游历的过程中，不但遭受过强盗的抢劫，还曾经差点被当作祭祀的牺牲品而杀掉。作者只不过是想借用文艺的笔墨，表达出他对那个时候的天竺国的印象罢了。

第二个原因，则是源自作者在作品中一再强调的一个观点，那就是真正的灵山并不是在天竺国的某一个确切的地方，而是在我们的心头。借用《西游记》里孙悟空对唐僧说的话，就是"佛在灵山莫远求，灵山只在汝心头。人人有个灵山塔，好向灵山塔下修""只要你见性志诚，念念回首处，即是灵山"。灵山究竟在什么地方并不重要，即使它坐落在粪壤之中，也不影响它的壮丽与威严。

答案究竟应该是哪个？

大概二者都有，但可能尤在后者，而这番用意，即使在千年之后的今天也依然有着深刻的启发意义。

无字真经

　　唐僧师徒为什么要到西天见如来佛祖？目的当然是为了取到三藏真经。但是，当唐僧师徒远涉千山万水到达雷音寺后，被如来派去传经的阿难与伽叶第一次给唐僧的，竟然是一卷卷空无一字的白纸。奇怪的是，这一卷卷的白纸，又先后被燃灯古佛与如来佛祖称为"无字真经"。那么，在这一卷卷白纸，或者说所谓"无字真经"中，又蕴藏着怎样的奥秘呢？

　　第一种，也是较为流行的解释，是由孙悟空与唐僧的问答引申而来的。当师徒们发现阿难与伽叶传给自己的是白本时，孙悟空就说了："师父，不消说了。这就是阿难、伽叶那厮，问我要人事，没有，故将此白纸本子与我们来了。快回去告在如来之前，问他揣财作弊之罪。"原来阿难、伽叶引唐僧师徒到藏经阁时，曾向唐僧师徒索要"人事"（就是贿赂）。唐僧表示自己从大唐出发，路途遥远，没有准备，二人笑道："好，好，好！白手传经继世，后人当饿死矣！"行者见他讲口扭捏，不肯传经，忍不住叫噪道："师父，我们去告如来，教他自家来把经与老孙也。"两位尊者怕事情闹到如来面前不好看，白白把真经传给唐僧师徒又不甘心，于是就用白本代替真经，传给了唐僧师徒。这件事被藏经阁上的燃灯古佛看到了，派遣白雄尊者追上唐僧师徒，打翻经担，唐僧师徒收拾散乱在地的经卷，这才发现二位尊者所做的手脚。进一步来讲，就是《西游记》借此表达对当时社会贿赂公行的讽刺。

第二种，所谓"无字真经"，其实是《西游记》作者立下让后世读者参详的一则"公案"。 试想一下，取经行动是如来策划的，作为如来的亲传弟子，这两位尊者怎么会、怎么敢在如来眼皮子底下做手脚，破坏如来的传经大业。所以，作者的真正意思，乃是借"无字真经"传达一种理念：所谓"真经"，并不是写在纸上的文字，而是宇宙人生的真相；所谓"传经"，更重要的是心法与体悟，而非一册册的经卷。

究竟哪一种解释更为合理？

笔者是倾向后者的。其实，在《西游记》中，有一处可以说是这个问题的最好参照。在第九十三回，当唐僧抱怨路途险峻时，孙悟空说了一句，师父您把《心经》忘了吧。唐僧说，《心经》是我随身的衣钵，怎么能忘记？孙悟空说，您只会念经，却不会解经。唐僧说，那么你会解经？孙悟空说，我会。唐僧听了，不再作声。猪八戒、沙僧则一起嘲笑孙悟空说，你会耍棍子罢了，哪里会解什么经。唐僧则在一旁说，猪八戒、沙僧你们别乱说，孙悟空解的是无言语文字，乃是真解。这是什么意思？就是说对佛法的理解，靠的并不是语言文字，而是心灵的领悟。既然解经不靠文字，那么真经自然也不必写在纸上。唐僧一行历经艰辛而百折不回，受尽诱惑而不为所动，这行动本身就说明了他们对佛法的领悟。在这个意义上，完成了过程，也就取得了"真经"。

既然如此，为什么还要有那上万卷的"白本"呢？这就涉及一个更高深的佛学命题，所谓"空有二俱非"，就是说，真义既不在"空"，也不在

"有"，而是在"空"与"有"之间：有白本，所以并非完全的"空"；本上空无一字，所以也非完全的"有"。作者之所以这样描写，是深得禅宗"不立文字"之三昧的；其用意，就如同那些禅门大师一样，留一个公案，让《西游记》的读者们仔细参酌。

当然，有些读者一定会发出这样的疑问：既然白本这么好，那为什么如来最终还是将有字的真经传给东土？原因很简单，正如如来所说：东土众生愚迷，不识无字之经，所以只好将那有字的真经传去。打一个比方来解释这个问题：两个人之间的交流，最高的境界就是"意会""心有灵犀"，但在很多时候，假如彼此没有达到那样默契的心灵状态，语言文字的沟通还是必要的。

所以，《西游记》里的唐僧取经，和历史上真实的玄奘法师取经，还真不是一回事。历史上真实的玄奘法师，他所求的"真经"非常明确，就是印度的梵文经典，真经取到了，任务就完成了。但《西游记》里的真经，却远不是梵文经典这么简单。它提示我们，写在书本上的东西，说来说去都是已经固化了的东西；最宝贵且活泼的"真经"，还要向文字外去参酌。